가모노 초메이의 문학세계

-《방장기》와 '와카'를 중심으로 -

조기호(曺起虎) 지음

지식과교양

머리말

　2012년 3월 11일 발생한 동(東)일본대지진은 이전의 간사이 (關西)대지진보다 그 규모나 참상이 더 컸습니다.《방장기, 方丈 記(호조키)》라는 일본의 고전 수필이 요즘 다시 관심을 갖게 되 는 것은 인생의 무상감 등이 넘실거리는 점이 있지만, '〈겐랴쿠 (元曆)시대의 대지진(大地震)〉'편이 동일본대지진과 거의 흡사 할 정도로 실답고 고스란히 수록되어 있기 때문으로 해석됩니 다. 이《방장기》는 2020년부터 계산하면 약 8백 여 년 이전의 작 품입니다. 이 작품이 일본의 중·고교 국어 교과서 등에 실려 있 기도 하고 문학적 가치가 있는 작품으로 평가받고 있어, 일본의 적잖은 지식인에게 친숙한 고전(古典)수필이라 할 수 있습니다. 그러기 때문인지 일본인에게 일본의 수필문학 중 가장 기억에 남고 인상적인 작품이 무엇이냐고 물어봤을 때 곧잘《방장기》 라는 대답을 지은이(이하 '필자'로 표기함)는 자주 들어왔습니 다.

　필자는 이《방장기》를 보다 상세하게 맛보고자 하는 사람들 을 위하여, 제1부에는 「자연과 인생이라는 거울에 비친 무상감 ─《방장기》의 문학과 사상」이라는 타이틀 아래 저자 초메이의

인생역정, 초메이의 부정(父情), 집필 배경과 최근의 재해 참
상, 구성과 문체적 특징, 문학적 가치, 문학적 위상과 중심 사상
을 다루었습니다.

제2부에는《방장기》속의 오대재해기사(五大災害記事)와 당
시 사료(史料)의 관계를 실증적으로 기술했습니다.

나아가 제3부에는 저자 가모노 초메이(鴨長明, 1115-1216,
이하 '초메이'라 표기함)가 와카(和歌)와 비파(琵琶) 등 예술의
길을 걸었던 가마쿠라(鎌倉)시대의 문예인(文藝人)이라는 점
에 따라〈초메이의 와카〉에 관하여 기술하였습니다. 그 이유는,
초메이의 매력(魅力)에 대하여《방장기》의 무상감이 가장 대
표적이라고 일컬어지고 있으나, 또 한편으로 보면 '가진(歌人)'
으로서의 길을 걸으려 했던 초메이의 심경(心境)을 드러내는
일도 가치 있는 일이라 생각하기 때문입니다. 현존(現存)하는
초메이의 '와카' 속에 묻어나는 자연관(自然觀) 또한 초메이의
매력이라 해도 지나치지 않기 때문입니다. 그리하여 본서의 제
목을《가모노 초메이 문학세계》라고 정한 것입니다.

본서의 말미에는 필자가 번역하고 주해를 달아놓은 《방장기》를 '부록'으로 덧붙였습니다.

이 《방장기》의 전반부에는 〈안겐(安元)시대의 큰불(大火), 지쇼(治承)시대의 회오리바람(旋風), 요와(養和)시대의 기근(饑饉), 겐랴쿠 시대의 대지진〉 등의 천재(天災)에 관한 내용이 실려 있고, 단 하나의 인재(人災)라 하는 〈후쿠와라(福原)로의 천도(遷都)〉라는 내용 또한 실려 있는 바, 이를 다섯 가지 재해(五大災害, 이하 '오대재해')라고 부릅니다. 이를 순서적으로 요약하면 '큰불·회오리바람·기근·천도·대지진'이라고 할 수 있습니다. 이어 후반부에는 원저자인 초메이가 인생무상을 크게 느끼고 쉰 살의 나이에 출가(出家)함에 따라 불도(佛道) 수행에 의한 한가로움이 넘실거릴 정도입니다.

일본문학작품 중 자연(自然)이라는 거울을 통해 인생을 들여다보는 면이 있어 적잖은 지식인층의 일본인은 이 고전수필의 모두(冒頭)를 줄줄 외워대기도 했습니다. 필자가 1990년부터 교토(京都) 소재 붓쿄대학(佛敎大學) 대학원에 유학하면서 초메이에 관하여 본격적으로 연구하면서 《방장기》는 언제나 필

자의 가슴을 촉촉이 적셔 주는 금과옥조(金科玉條) 이상의 작
품이었습니다.

따라서 이 고전수필은 소위 평범한 수필이 아닙니다. 이런 필
자의 개인적인 평가가 아니더라도《방장기》가 일본문학에서
차지하는 위상은 남다르게 큽니다. 이 작품은 수필문학의 효시
(嚆矢)로 일컬어지는 세이쇼나곤(淸少納言)의《마쿠라노소시
(枕草子)》(전3권, 1000)와, 요시다 겐코(吉田兼好)의《쓰레즈
레구사(徒然草)》(1330 무렵)와 더불어 일본고전삼대수필 가
운데 하나로 불려 왔습니다. 그 만큼 이《방장기》는 '고전삼대
수필' 중 하나로서 여타의 책과는 다른 면이 커 보입니다. 그것
은 작가 초메이가 거의 불가사의(不可思議)한 일이라는 이상
의 '오대재해'를 직접 체험한 나머지, 자신만의 무상감을 적나
라하게 그렸고, 그런 내용이 언제나 그의 마음에 자리 잡고 있
었기 때문이라 할 수 있습니다. 나아가 50세 이후로는 출가하
여 작품의 후반부를 통해 초메이 스스로 한가로움을 추구하고
불자(佛子)가 아닌 승려(僧侶)의 입장에서 구도하고자 하는 일
면을 고스란히 기술한 바, 이를 통해서도 인생무상을 적잖게

느낄 수 있습니다.

필자는 유학 중에 초메이가 마지막 은둔처로 삼았던 히노야마(日野山)의 암자(庵子)의 자취를 세 차례 문학산책(文學散策)한 적이 있었습니다. 세 번째 문학산책을 하던 1991년 9월 27일의 정황은 그 이전과는 상당히 달랐습니다. 국제 라이온즈 교토 클럽의 관계자들이 그곳에 미리 와, 오랜 세월 동안 빛이 바랜 채 세워져 있던 초메이에 대한 목재(木材)로 된 유적지 표지판을 석물(石物)로 교체하고 있었던 것입니다. 그래서 필자는 그들과 4, 5 시간 정담을 나누고 함께 기념사진도 찍었습니다. 그 날 그들은 한국인이 그런 곳까지 찾아와 관심을 기울이는 점에 대해 감탄하기도 했습니다.

출가하여 만년을 지냈다는 방장암(方丈 : 가로 세로 각각 3미터 정도)의 넓이를 인식한 초메이가 그곳에서 작품화한 글을 '방장기'라 명명했다는 전설 같은 이야기를 국제 라이온즈 교토 클럽의 관계자로부터 생생하게 듣게 되었을 때는 실로 마음이 크게 설레기도 했습니다. 이곳을 2016년 8월 11일 다시금 찾아 초메이의 8백 년 전의 숨결을 또 다르게 느껴보고, 본 번역서에 첨부하기 위해 적잖은 사진을 담았습니다. 아울러 같은 목적으로 초메이가 태어나 어린 시절을 보냈던 시모가모(下鴨 : 賀茂御祖〈가모미오야〉) 신사 또한 방문하였습니다.

　일찍이 《방장기》는 일본의 대표적 문호인 나쓰메 소세키(夏目漱石; 1867-1916)에 의해 영역(英譯)되어진 적이 있고, 이후 각종 유럽 언어로 번역 출판된 적이 있습니다.

　일본의 최고의 고전 수필 《방장기》를 번역 · 출판하면서 참고한 책으로는 〈고본(古本) 계통〉에 속하는 '다이후쿠코지본(大福光寺本)'을 기초하여 수많은 '방장기' 판본을 참고했습니다. 그러나 한국어판 출판을 앞두고 내용과 문단의 구별을 용이하게 하기 위해 장(章)은 12개로 구분했으나, 단(段)의 구분만큼은 야나세 카즈오(梁瀬一雄) 씨의 『方丈記全注釋』(日本古典評釋 · 全注釋叢書, 角川書店, 昭 62)에서 나타난 일련번호를 참고했음을 밝혀 둡니다.

　가장 뒤에는 저자의 연보(年譜), 일본 연호표(年號表), 찾아보기 등을 덧붙였습니다.

　가모노 초메이의 《방장기》의 제반 사상과 그의 와카(和歌)를 중심으로 하는 문학세계, 그리고 필자가 번역 · 주해한《방장기》를 통해서 인생과 세상의 변화되어가는 과정 등을 되돌아보고 고요함을 즐기려는 사람들에게 참고가 되었으면 합니다. 그리고 한국에서 일본문학을 학습하고자 하는 문학도들과 일본의 역사 · 문학 · 문화 등에 관심을 가지고 있는 사람들에게도 다소나마 유익한 도움이 되기를 바라는 바입니다.

2020년 5월 어느 날
전주천(全州川)이 내려다보이는
송천동 서재에서 조기호

| 일러두기 |

1. 저자 가모노 초메이의 원문에 충실을 기하기 위해 일본의 인명 · 지명 · 시대 명 · 종교단체 명 등을 나타내는 고유명사의 경우, 첫 번째만 「일본 가나(かな)의 한국어 표기법」에 따라 한국어 표기를 하고 괄호 안에 한자어를 병기하되, 두 번째 표기나 각주를 통해서는 한자어만 사용했다.

2. 한국어 문장으로 번역하는 과정에서 불필요하다고 생각되는 일본어문의 특징적 요소는 가능한 한 생략했다. 즉, 일본의 특정 표현 중에서 이미 한국어로 정착되어진 한자어의 경우에는 가능한 그대로 표기했다.

3. 본《방장기》이외의 작품명은 가능한 그대로 쓰되 처음에만 한국어를 병기했다.

4. 작품의 본문을 통해서는 어떤 작품이든《 》를 사용했으나, 각주 등을 통해서는 『 』를 사용했다.

5. 특별하게 강조할 부분은 〈 〉를 사용했다.

6. 간단히 강조할 부분은 ' '를 사용했다.

7. 짧은 인용문은 " "를 사용했다.

| 차례 |

제1부

《방장기》의 문학과 사상

ㅡ 자연재해와 인생이라는 거울에 비친 무상감

가모노 초메이의 가문(家門)

　가모노 초메이는 1155년〈규슈(久壽 2〉 교토(京都)의 '시모 가모(下鴨)'라는 유명한 신사(神社)에서 태어났다. 사호(社號)의 일본 정식 명칭은 '가모미오야 (賀茂御祖)신사'이며, 가미가모(上賀茂)의 '가모와케이카즈모(上賀茂別雷)신사'와 함께 옛 전통을 지닌 품격과 격식이 높은 큰 신사이다. 이 두 신사에 봉사(奉仕)한 자는 서기 780년〈호키(寶龜) 11〉 4월 26일에 가모노켄슈(賀茂縣主)의 성(姓)을 하사 받은 가모(賀茂) 씨였다. 이 가모(かも) 씨는 가미가모에서 '가모(賀茂)'를, 시모가모에 있어서는 '가모(鴨)'를 취해 사용했다는 게 일반적인 학설이다.

　세월의 흐름과 함께 가모노 나가쓰구(鴨長継)라는 사람이 살고 있었다. 그는 시모가모(下賀茂·下鴨) 신사 즉 다다스노야시로(河合社)의 '네기(禰宜)'[1]에서 승진하여 미오야(御祖)

신사의 '네기'가 되어 시모가모신사 샤시(社司)²⁾ 대부분을 통솔해 온 여간 아닌 인물이었다. 그 시기는 1156년〈호겐(保元) 元〉으로부터 1171년〈가오(嘉應) 3〉에 걸쳐 어수선한 일들이 적지 않았던 시절이다. 이 무렵 '호겐의 난' 등의 시대를 일본에서는 중세(中世) 중에서도 더욱 어두운 시대라는 의미로 '암흑기'라는 표현을 종종 사용한다. 따라서 당시는 무사들이 집권함으로써 세력다툼이 하늘을 찌를 정도로 극심했던 바, 그것은 계속된 전란으로 인하여 안온하던 사회가 혼란의 세계로 변해버린 시기였던 것이다. 그러므로 당시의 지식인조차도 이런 혼돈 속에서 인생무상을 느끼며 출가한다든지 세상을 등지고 은둔자로 변모하는 자가 속출했던 시대라 할 수 있다.

전술한 바와 같이 이 때는 전란이 끊임없이 일어났으며, 천재지변을 어쩔 수 없는 일로밖에 인지하지 못한 시기였다. 따라서 당시의 사람들은 세상만물의 흥망성쇠 또한 마찬가지로 인식, 어떻게 대처할 줄 몰라 하는 당시의 사람들은 이 세상을 허망한 일이라는 무상감을 절감하게 되었던 것이다.

《방장기》의 저자 초메이는 이상과 같은 가문과 시대적 배경 속에서, 나가쓰구의 차남으로 1155년〈규쥬(久壽) 2〉에 태어나 그의 나이 50세 되던 1205〈겐큐(元久) 2〉에 출가를 단행했고, 58세에 이《방장기》를 집필했으며, 62세인 1216년〈겐포(建保)

---

1) 일본의 신사(神社)에서 일컬어지는 신직(神職)·신관(新官)의 총칭.
2) 신직의 계위(階位) 중 하나로, 신직 전원을 통솔하는 높은 지위를 일컫는다.

4)에 세상을 떠났다. 그러므로 그의 일생을 두고 보면, 은자(隱者)[3]로서 일본 '와카' 내지 고전수필의 대가들과 어깨를 나란히 했던 문학가인 셈이다.

한 인간의 역사라 할 인생역정을 돌아보면 곧잘 '격변의 시대'라는 수식어가 쓰이곤 한다. 그렇지만 초메이가 살다 간 62년은 어느 시대에 뒤지지 않을 정도의 격변기라 할 수 있다. 그것은 당시가 무사들이 정치계에 진출함에 따라 정치권력의 주역이었던 귀족들이 압도당한 결과 소위 무사의 권력이 하늘을 찌르고도 남음이 있었던 시대라 할 수 있기 때문이다. 새로운 무사계급을 대표하는 다이나로 키요모리(平淸盛, 1118-1181)는 당시까지 권력을 쥐고 있던 후지와라(藤原) 일족의 귀족정치를 쳐부수고 무사출신으로서는 처음으로 권력을 잡았던 시대였기 때문이다. 이어 당시는 간토(關東)지방에 세력기반을 지니고 있던 미나모토(源) 씨가 다이라(平) 씨에게 도전함으로써 소위 '겐페이 전쟁(源平の戰い)'이 일어나고 말았다. 이 전쟁에서 승리한 미나모토노 요리토모(源賴朝, 1147-1199)는 상징적으로 천황을 교토에 내세우고 간토 지방에서 가깝고 요

---

3) 보통 인간세상을 피하여 산중(山中)에서 숨어 지내는 사람을 의미한다. 그러나 사쿠라이 요시로(櫻井好郎, 1931~)는 『隱者の風貌』라는 책을 통해 '은자'에 대해 다음과 같이 밝히고 있다. "은자란 세상을 버린 사람(世捨人)이고, 동양에서는 중국의 은일(隱逸), 서양에서는 「Hermit」라 불리고 있으며, 일본에서는 고대 후기로부터 중세에 걸쳐 사상·문학·예능의 방면에서 '은자'라 칭하는 사람들이 활약했다"고 논하고 있다.(櫻井好郎, 『隱者の風貌』, 縞選書, 1986, p.100) 경우에 따라서는 '은둔자(隱遁者)'로 표현되기도 한다.

새지역에 해당하는 가마쿠라(鎌倉)에 막부(幕府)를 세워 명실
공히 권력을 장악하게 되었다. 이로 인하여 새롭게 이른바 무
가문화(武家文化)가 형성되었으니, 당시를 실로 변혁기라 아
니 할 수 없다.

　이렇게 혼란한 정권 구조 속에서도 조상(祖上) 대대로 이어
져 온 시모가모 신사가 나름대로 커다란 권위를 지닐 수 있었
던 것은, 가풍으로 내려져 온 정신적 유산도 있었겠으나 신사
뿐 아니라 그 주변에 막대한 토지를 소유하고 있었기 때문에
자산(資産)으로서의 가치가 매우 컸다는 점도 작용되었을 것
으로 보인다.

　따라서 초메이의 앞길에는 명문가의 후예로서 누가 보다
라도 앞길이 그지없이 전도양양하였다. 그렇지만 18세 되던
1172년〈죠안(承安) 2〉에 부친이 갑작스레 병사(病死)한다. 나
아가 이어지는 동족(同族)의 신사 착취로 인하여 초메이의 심
중에는 적잖은 변화가 일어날 수밖에 없었던 것이다. 이 두 가
지 사건은 초메이에게는 단순한 충격적 사건을 넘어서서 소위
청천벽력과 같은 일이었다. 이 점에 관해서는 보다 상세하게
후술하기로 한다.

　초메이는 자신에게 몰려오는 온갖 난관을 극복하고 예술
의 세계에 전심전력을 기울였으니, 그것은 다름 아닌 '와카(和
歌)'[4]와 '비파(琵琶)'의 세계였다. 초메이가 이 두 가지에 관심
을 크게 가짐으로써 한 때 잠시나마 그 방면마다 최고의 자리

에 오를 수 있게 된 점이다. 그 중에서도 당시 문학계에서 최고로 인기가 있었던 '와카'에 전력을 기울여 스스로《가모노초메이슈(鴨長明集)》⁵⁾를 펴냈을 뿐 아니라, 그 전에 이미 초쿠센와카슈(勅撰和歌集)⁶⁾ 중의 하나인《센자이와카슈(千載和歌集)》에 '와카'를 1 수(首) 싣게 되었고, 또 한편으로는 '비파'에 능숙하여 음악이라는 예술 속에서 풍류(風流)의 길을 걸을 수 있었다.

이 같은 예술 방면에 적잖은 소질과 조예를 가진 초메이는 또 한편으로는 이 · 삼십대를 '비파'라는 풍류의 세계 속에서 정열을 받칠 수 있었다. 그리하여 훗날 초메이는 궁중의 악장(樂長)으로 출세한 명인에게 '비파'를 본격적으로 배움으로써, 출가

---

4) 본래, 야마도(大和; 倭)의 노래(歌)를 말한다. 따라서 이 '와카'는 일본의 시가(詩歌)이다. 그러므로 만요(万葉)시대에는 쵸오카(長歌)나 탄가(短歌)나 세도오카(旋頭歌)도 모두 '와카'로 분류하였으나, 중고(中古)와 중세(中世)에는 렌가(連歌)도 '와카'로 취급되어졌고, 근세에 들어서는 하이쿠(俳句)도 '와카'의 범위에 들게 되었다.
  그러나 오늘날에 와서는 주로 중세를 전후로 하는 시가문학(詩歌文學)을 주로 '와카'로 해석하는 분위기인데, 특히 사이교(西行)나 후지와라 토시나리(藤原俊成)로부터 비롯되었다고 전해진다. 형식은 시대에 따라 각양각색이어서 여기서는 생략하고, 그 내용만은 주로 유현미(幽玄美)를 싣고 있음을 밝히고자 한다.
5) 이의 성립에 관해서는 요와(養和) 원년(1181)에 되었다는 학설이 유력(有力)하고, 초메이가 20대 후반에 자찬(自撰)한 책이며 와카집(和歌集)이다. 그런데, 그가 부친과 사별하고 이 와카집을 자찬할 때까지 10여 년 동안에 어디에서 무엇을 했는지에 대해서는 전해지지 않고 있다.
6) "쵸쿠(勅)" 또는 "인젠(院宣)"에 의해서 선택되어진 집(集)을 말하는데, 주로 한시문집(漢詩文集)이나 와카슈(和歌集) 등을 일컫는다.

생활 이후에도 줄곧 이 방면에 집착하는 삶을 살았던 것이다.

초메이는 속세를 떠나 산중에 은둔할 때까지 '가진'으로서 수많은 '와카' 모임에 참가한 결과, 47세 때인 1201년〈쇼지(正治) 3〉에는 고도바잉(後鳥羽院)의 부름을 받을 정도로 '와카' 분야에서 탁월한 실력을 드러내고 있었다. 그러나 얼마 후, 예술의 길에만 정신을 빼앗기고 있는 초메이를 두고, 집 안팎에서는 신관(神官)으로서 적절한 인물이 아니라는 동족의 강력한 반대가 일어났던 것이다. 이로 인하여 초메이는 자신의 숙원(宿願)이었던 망부(亡父)의 사직(社職)을 이어 받지 못하게 된 것이다. 그것은 다름이 아니라 부친이 소유하고 있던 가문의 중요한 재산이자 평생직장인 시모가모 신사를 당숙에 해당되는 친척에게 빼앗기는 결과를 맞고 말았는데, 이 사건은 초메이가 받은 두 번째 충격이었다.

이런 일 등으로 인하여 초메이는 외유내강(外柔內剛)의 자태를 지니게 된 것으로 추정된다. 그러기 때문에 23세에 출가하여 유랑한 사이교(西行, 1118-1190) 내지 30세 무렵에 승려의 길을 걷게 된 요시다 켄코(吉田兼好, 대략 1283-1352)와는 달리 뒤늦은 쉰 살이 되던 해인 1204년〈겐큐(元久) 元〉 봄에 히노(日野)의 도와라 지역 산기슭에 출가의 터전이라 할 방장암을 짓고 불도 수행을 해 갔던 것이다. 그러니까 초메이가 단행한 출가는 그 이전에 했던 가모가와(鴨川) 인근이랄지 오하라(大原) 지역에 출입했던 것과는 확연히 다른 마음가짐으로 속세를 떠났다고 해석할 수 있다.

그렇지만 그가 출가하여 지냈다는 히노(日野)에서의 13년 동안의 생활은 불교에 완전히 귀의하여 수계(受戒)하는 절차를 밟지는 못했다. 따라서 초메이는 어찌 보면 승려와 세속인의 중간적인 존재로서 한가로운 생활을 추구하려는 후반의 삶을 살았다고 해도 무리가 아니라고 본다.

히노의 방장암에서 지내고 있던 1212년, 그의 나이 58세가 되던 해 3월에 이《방장기》라는 수필집 집필을 완성한 것으로 보면 — 이런 정도로 문학에 조예가 컸기 때문인지 — 그가 한때 촉센슈(勅撰集)의 하나인《신코킨슈(新古今集)》의 편찬자 중 한 사람인 후지와라 마사쓰네(藤原雅經)의 추천으로 수 백 킬로미터나 되는 가마쿠라까지 가게 된 것이다. 그러나 막부의 장군이었던 미나모토노 사네토모(源實朝, 1192-1219)에게 '와카'를 지도하는 등의 역할을 제대로 하지 못하고 실망감만 안은 채 히노에 돌아왔던 것이다. 이에 따라 그는 출가생활을 계속하였고, 세상 사람들이 이루고 지키고자 하던 명예나 권세에 집착하는 자신을 진솔하게 반성하는 글을 작품의 말미에 남기게 된 것으로 여겨진다. 이는 이런 내용이 작품의 후반부에 물씬 묘사되어 있는 점에서 알 수 있다.

한편, 초메이는 그 때를 전후로 하여 '와카'에 대한 논리를 집대성하여《무묘쇼》를 완성했고, 1214년〈겐포(建保) 2〉무렵에는 불교 중에서도 특히 정토종(淨土宗)에 관한 발심(發心)과

자신의 감상, 그리고 이런저런 설화를《홋신슈(發心集)》라는
이름으로 집필하였고, 그 후 2년 후에 복잡다단한 생을 마감하
게 된다.

초메이의 부정(父情)

어린 나이에 부친을 잃었으나 약 10년 후인 27세 때 초메이는 《가모노초메이슈(鴨長明集)》를 펴내게 되었다. 이 책에는 봄(春)·여름(夏)·가을(秋)·겨울(冬) 등 사계절에 관한 내용뿐만 아니라 사랑(戀)·기타(雜) 등으로 분류되어 있다. 그 가운데 다음과 같은 '와카'가 한 수 실려 있다.

'봄'이라는 계절이 매년 돌아오는 것은 마땅히 당연한 일이지만, 아아! 그런데, 작년 벚꽃이 지는 것을 애석하게 의미 짓고 있는 사람은, 이미 이 세상에는 안 계시고 어디로 가셨단 말인가![7]

---

7) 이 와카를 원문 그대로 표기하면 다음과 같다.
「父, 身まかりてある年, 花をみてよめる春しあれば今年も花は咲きけり, 散る

이 '와카'는, 부친을 떠나보내고 한 해를 훌쩍 보낸 뒤 다시 찾아온 봄날에 부친의 제사를 맞이한 초메이가, 벚꽃을 보면서 이미 저 세상으로 가버린 부친을 그리워하고 애도하는 내용임을 쉽게 알 수 있다. 참으로 '가진(歌人)'으로서 가슴 깊은 곳에서 뜨겁게 일어나는 부정(父情)을 초메이가 물씬 느낄 수 있도록 해 주는 내용으로 보인다.

또 초메이는 《가모노초메이슈》에 자신의 평탄치 않은 운명을 예언한 것처럼 다음과 같은 '와카'를 싣고 있다.

뜻하지 않은 삶을 살아가는데 어디에 사는 보람이 있을까? 하잘 것 없는 처지에 서 있는 나는 어디론지 사라져버려야 할 것이다. 지금 바로.[8]

이생의 일은 전부 잊어버렸다. 이 몸은 죽은 것으로 생각했었는데 무엇을 원망할 것인가! 또한 어느 누구를 탓할 것인가![9]

위의 두 '와카'를 통해 볼 때, 초메이는 약관 스무 살이 되기 이전에 부친을 잃고 난 충격을 숨기지 못하고 있음을 알 수 있다. 어찌 보면 삶 자체에 대한 무기력함과 함께 허탈한 심경을

を惜しみし人はいづらは」
8)「心にもあらで何ぞのふるかひはよしししづ身よ消えはてねただ」
9)「世は捨てつ身はなきものになしはてつ何を恨むる誰か嘆きぞも」

크게 지니고 있었던 것이다. 얼마나 비애감이 컸으면 삶의 보
람을 느낄 수 없었다고 했을 것으며, 그런 나머지 자신 삶에 대
해서 무의미하게 생각하게 됐을까? 그러면서도 그런 충격적인
일을 탓하지 않고 의연하고 덤덤하게 살아가려 애쓴 흔적이 적
잖게 느긴다.

이에 관한 내용으로는 초메이가 지은 가론서인《무묘쇼》에
나카하라 아리야스(中原有安)가 초메이를 자신의 후계자로 인
식하면서

> 너는 대대로 시모가모 신사의 신관의 집에서 태어났건만 뜻
> 하지 않게 어린 나이에 고아(孤兒)가 되었다. 다른 사람은 네가
> 신관이 되는 일에 반대했을지라도 너 자신의 결의가 확고하여
> 신관으로서 사회적 지위를 얻으려고 할 것이다.[10)

라는 내용으로 측은지심을 보내게 된 것이다. 그것은 나카하라
가 직접 사용한 어휘를 초메이가 기술한 것으로 미루어 알 수
있다. 이 인용문 중의 '고아'라는 표현은 아직 지식 습득이나 경
제적 수입, 대인 관계 등 다방면에 걸쳐 초메이에게 후원할 일
이 필요로 하는 시기에 부친을 잃었다는 사실을 의미한다. 부
친이 살아 있었다면 초메이 또한 신관이라는 가업을 자연스
레 승계(承繼)할 수 있었을 것이고, 또 그렇게 되었다면 남이

---

10) 高橋和彦,『無名抄全解』, 双文社出版, 1989, pp.50-53

볼 때 부러워할 만한 탄탄대로의 삶을 영위할 수 있었기 때문
이다. 이렇게 초메이는 아리야스로부터 소위 동정 어린 마음을
전해 받았던 적도 있었다.

이 같은 초메이의 '와카' 등의 내용을 음미(吟味)하는 동안,
필자는 자신의 부친의 삶을 잠시나마 그려 본다. 1922년에 태
어났으니, 20대까지의 젊은 시절은 일제강점기가 한창인 시절
에 살아야 했다. 그래도 늦은 초등학교를 졸업하자마자 약관
스물의 나이에 철도공무원으로 입사하여 부모를 모시느라 지
극 정성을 다했다. 당시 전북 이리 역에서 경북 김천 역까지 인
사이동에 의해 왕래했으니 얼마나 힘들었겠는가. 그러다 마흔
이 될 무렵 철도원의 삶을 뒤로 하고 자청하여 농부의 길을 걸
었다. 서너 필지나 되는 논을 팔아 과수원을 매입, 그 가운데 비
닐하우스를 10 동 정도 대나무와 철재로 지어 원예 작물을 키
워 거둠으로써 고생했던 정경이 눈앞에 펼쳐진다. 그 이후에도
밭농사는 계속되었고 양친이 돌아가셨으며 이 때를 전후하여
유가(儒家)의 전통을 넘어서서 원불교(圓佛敎)에 입교하여 훗
날 법사(法師)의 대열에 올랐으니 동네에서는 '어른'으로 불리
기 시작했다. 물론 이는 단지 원불교의 법사위에 올랐다고 하
여 그런 대접을 받게 된 것만은 아니다. 사람이 죽는 경우가 종
종 있었는데, 상당수의 사람들은 초상집에 가면 고인의 명복을
빌기가 무섭게 화투놀이를 하곤 했으나, 부친은 평소 즐겨하던
붓글씨로 형형색색의 만사(輓詞)를 써 주는 봉사를 아름답게

하는 마음가짐이 있었기 때문으로 추정된다.

그러다 심신간의 아픔을 극복하시던 중 2009년 9월 부친은 영면하고 말았다. 그러나 열반 직전의 수년 동안 부친과 같이, 또 오늘날에도 하얀 머리띠를 맨 채 하루하루를 어렵게 지내는 96세의 모친을 생각하면 대신 아픔을 겪고 싶어진다. 10년 전부터 병석에서의 생활 모습을 지켜보면서, 그래도 그나마 노환이기에 옛 시절을 회상하며 지내시고 있는 점에 다행스럽게 생각하고 있다.

최근의 일이지만, 며칠 전에도 모친의 입원으로 병원을 다녀왔다. 그래 다시금 도착한 병원이다. 아무리 나날이 바쁘다 해도, 또 당일 아무리 분망한 일이 있다 해도, 병원에 발길을 하고 보면 주위 환자들에게도 눈길이 가게 된다.

그런데, 이상하게도 병원이라면 대체로 중환자실 옆에 수술실이 있다. 이 점은 마땅히 생각되어진다. 그러나 중환자에서 머지않은 곳에 신생아실 또한 위치해 있다. 중환자실에서는 이따금 죽어 나가는 환자가 시신으로 변해 가는가 하면, 가까운 신생아실에서는 새로운 생명이 태어난다. 죽어가는 사람 곁에는 통곡에 가까운 울부짖음이 계속되는 데 반하여, 새 생명이 탄생하는 곳에서는 축하의 꽃다발이 있기도 하고 웃음과 박수소리가 이어진다.

정말로 생(生)과 사(死)가 둘이 아니다. 한쪽에서는 '죽음'으로 인한 초상집 기분이고, 다른 한쪽에서는 '삶'의 시작으로 소위 환희와 희망과 약속의 분위기다. 이런 과정을 원불교 교조 원각성존 소태산(少太山) 대종사께서는 죽음의 현상을 "헌 옷을 새 옷으로 갈아입는 것에 불과한 일"이라며 생사의 순환되는 이치를 설하셨다. 이런 순환의 고리에 관한 이치가 사시순환(四時循環)과 같은 것이라고도 강조하셨다. 이 세계를 알게 된 사람이라면 생은 사의 근본이고 사 또한 생의 근본이라는 인과(因果)의 진리 세계에 숙연해지지 않을 자 없을 것이고, 죽음을 준비하고자 아니 노력 할 사람 없으리라 생각된다.

초메이가 자신의 죽음을 4년 정도 앞두고 집필했다는 《방장기》에는 부친을 비롯한 혈육(血肉)에 관한 내용이 거의 실려있지 않다. 그래서 그런지 앞에 소개해 둔 '와카' 1 수만큼은 이미 저 세상으로 가신 아버지에 대하여 절실하게 그리워하고 있음을 아니 느낄 수 없다.

이런 관점으로 볼 때 초메이는 자신을 낳아 길러 준 부친에 대한 원망(願望)의 정신을 고이 간직하고 있는 듯한 느낌을 갖게 한다. 이런 점에서 볼 때, 초메이는 효성(孝誠)이 지극한 문학인이기도 했던 것이다.

집필 배경과 최근의 재해 참상

이상과 같이 계속되는 두 번의 충격으로 인하여 초메이의 심중에는 동족에 대한 실망감은 물론 배신감까지 자리 잡게 된 셈이다. 특히 당숙이라는 가까운 친척에 의해 야기된 인간사회의 냉혹함에 크게 낙담하게 된 그는, 당시 중세(中世) 일본이라는 사회가 귀족 정치에서 무가(武家) 정치로 변화되는 시기를 맞는다. 초메이는 대략 40년 전에 자신이 직접 보고 메모해 두었던 커다란 사건이라 할 〈안겐(安元)시대의 큰불(大火), 지쇼(治承)시대의 회오리바람(旋風), 후쿠와라(福原)에로의 천도(遷都), 요와(養和)시대의 기근(饑饉), 겐랴쿠(元曆)시대의 대지진(大地震)〉 등 다섯 가지의 재해를 방장암에서 출가 후 9년째이자 그의 나이 58세 되던 해에 집필했다. 이를 두고 초메이는《방장기》라 명명했던 것이다. 그러므로 필자는 작품 속의 오대재해에 가까운 각종 재해가 한국과 일본은 물론 지구상 곳곳에서 최근에도 걷잡을 수 없을 정도로 빈번하게 속출하고 있다는 점을 발견하고, 가능한 한 그 재해의 이모저모를 오대재해의 순서대로 간략하게나마 이 자리를 빌려 소개하고자 한다.

먼저 '큰불'에 관련된 것이다. 한국에서는 2003년 2월에 야기된 대구지하철 폭발사건과 씨랜드 화재사건이 머리에 떠오른다. 수백 명의 대구시민이 화마(火魔)와 가스 등에 중독되어 사망하였고, 여름 피서를 떠난 적잖은 어린 생명들이 목숨을 잃었다.

'회오리바람'과 같은 일은 일어나지 않았지만, 2002년의 태풍 '매미'와 이듬해 일본열도를 강타한 태풍 '송다'에 의한 피해가 아주 컸다. 이 피해도 인명과 재산의 손실이 대부분이었다.

'기근'에 관련된 것으로는 2004년 여름 40일 동안 35도 이상의 폭염으로 인하여 농·축산물의 고사(枯死) 현상이라고 할 수 있고, 1997년 11월부터 한반도에 국제통화기금(IMF) 산하에서 경제적 위축감을 당한 한국민들의 좌절감 등이라 할 수 있다. 이를 소위 전 국민적 '금 모으기'로 슬기롭게 극복한 점은 한국민의 전폭적인 화합으로 극복할 수 있었다.

'천도'에 관한 내용이다. 국내 '신 행정수도의 이전 건설'이 당대 대통령 공약으로 선포된 상태에서 1년이 경과된 시점에서 설왕설래했었다. 2004년 2월부터 야당의 거센 반발과 10월에 결정된 헌법재판소의 위헌 결정 그리고 이전 대상 지역인 충남 연기군과 공주시 일대 현지에서의 불평어린 주민의 목소리가 아닐 수 없다. 그 결과 겨우 '세종시'의 탄생으로 정부의 청사들이 이전하는 계기가 되고 말았다. 실로 민생고(民生苦)가 한창인 이때, 비록 감언이설(甘言利說)은 아니라 할지라도 현지 주민들이 반대하고 있는 수도 이전 정책을 계속해서 추진하는 일이 옳은 일인가에 관해서는 훗날 역사가 증명을 해 줄 것으로 판단된다. 그러므로 정부 측 입장에서 공무(公務)를 수행하는 사람들은 이 문제의 심각성을 고려하여 더더욱 현명한 판단을 해 나가길 바랄 뿐이다.

끝으로 '대지진'의 경우이다. 2004년까지만 해도 국내에서는 지진이 일어나지 않았지만 직후부터 포항, 경주를 중심으로 진앙지가 나타나기 시작했다. 그러나 무엇보다도 큰 대지진은 1995년 1월의 고베(神戶), 아와지시마(淡路島)를 중심으로 일어난 '간사이(關西) 대지진'이 아닐 수 없다. 이는 고가도로가 넘어지고 각종 화재로 이어져 6천 여 명의 목숨까지 앗아갔던 대형 참사였다. 2011년 3월의 '동일본대지진'은 그 피해가 이루 말할 수 없을 정도였다. 이 중 후자는 후쿠시마(福島) 일대에서 일어난 소위 '쓰나미'와 '원전사고'에 따른 방사선 유출이 대표적인 피해라 할 수 있다. 인명 피해만 해도 2만 여 명이었다. 또 하나 예를 들면, 2004년 10월에 니가타(新潟) 일대의 지진으로 기억된다.

초메이가 작품 집필 당시로부터 40여 년 전에 기술한 내용은 다름 아닌 '오대재해'가 물씬 묘사되어 있는 전반부이다. 나아가 그가 집필 당시에 지냈던 곳이 방장암(方丈庵)이었다는 점에서 후반부의 내용 대부분이 불교적 수행의 과정을 자신의 내부에 쌓여 있는 심정적인 고백의 형식으로 기술했다. 초메이가 출가 이전에 받았던 두어 가지 충격적인 사실은《방장기》집필의 주요 배경이 아닐 수 없어 보인다.

초메이는《방장기》를 통해

> 그런 참에 우연하게도 일이 있어서 세쓰(攝津)라는 새로운 도읍에 가 보았다. 그곳을 보니, 지형은 면적이 아주 좁고 시가의 구획도 불가능하리만큼 좁았다. 북쪽은 산이 치솟아 있어 높고, 남쪽은 바다와 가까워 낮았다. 파도 소리가 일 년 내내 시끄럽고 바닷바람이 세차기만 했다.[11]

라고 기술하고 있다. 무상감을 체계화하여 펴낸《방장기》중에서도 이상의 인용문에 대하여 가라키 준노(唐木順三)는

> 당시 26세였던 초메이는 별다른 일이 없었는데도 새 도읍지를 구경하고자 갔다. 나는 뜻을 이루지 못한 채 번민하던 고아 초메이는 역시 옛날 것에 실증을 내고 새로운 것을 바라고 있는 게 아닌가 하고 생각한다. 새 도읍지에는 어떤 맑고 새로운 기

---

11) 본문 제13단의 내용 일부이다.

운이 흐르고 있는지를 자신의 눈으로 확인해 보기 위해 일부러
발걸음을 옮긴 것임에 틀림없다는 생각이 들어진다.[12]

이렇게 사람에 의해 저질러진 재해라서《방장기》속에서 인
재(人災)로 취급되는 '후쿠와라 천도'를 제외한 각종 재해는 천
재(天災)로서 비참한 참상임을 말로 다 표현하기가 어렵다.

이에 우리는 '오늘'을 아주 현장감 있게 느끼고 살아가면서 자
연(自然)이 우리에게 주는 각종 재해에 대한 것은 물론이고 우
리 인간이 알고 모르는 사이에 일으키고 있는 각종 사건 사고에
대하여 큰 경각심으로 받아들이고 대처해 나가야 할 것이다.

초메이가 이미 고인이 된지 8백여 년의 세월이 흘렀다고 하
나, 이런 극심한 재해에 비하여 조금도 약하다 할 수 없는 일이
21세기에 야기되어 진행되고 있음을 알게 된다면, 그야말로 통
탄(痛嘆)을 금하기 어려울 것이라는 생각이다.

---

12) 唐木順三, 『無常』, 筑摩書房, 1965, p.116

구성과 문체적 특징

　본래 일본문학에 있어서 수필문학의 효시(嚆矢)는, 당시의 중세적 교양을 한 몸에 지닌 세이 쇼나곤(淸少納言)이라는 작가의 《마쿠라노소시(枕草子)》[13](전3권, 1000)라는 작품인데, 이는 전 약 3백단으로 구성되어 있다. 이 책의 내용은 궁정생활에서 보고 듣고 느꼈던 자연이나 인생사에 관한 감회(感懷)를 다양한 방식으로 기록한 것이다. '산은', '새는', '축하하고자 하는 것' 등의 제목도 있고, 때로는 자신의 감상과 황후를 중심으로 한 궁중생활의 부분과 자연이나 인생에 대한 감상을 주로 기술한 것이다.

　이에 반하여 역사적으로 일어난 다섯 가지 재해를 현재 시점

---

13) 이 작품이 정순분 씨에 의해 한국어로 번역되어 2004년 8월 25일 도서출판 '갑인공방'에 의해 한국어판으로서 최초로 출판되었다.

에서 들여다보듯이 기술된 이 《방장기》는, 사실적으로 드러내
는 수필로서의 문체적(文體的) 특징을 지니고 있다. 그것은 작
품 초반에서 저자는 오대재해만이 아니라, 전술한 바와 같이 주
거와 인간의 관계를 '나팔꽃과 이슬과의 관계'랄지 기근(饑饉)
에 시달리는 인간의 모습을 '얕은 물속의 물고기(少水之魚)'라
고 하는 식으로 비유하여 묘사(描寫)해 나간 서술방식이 퍽 직
접적이면서도 문예적인 표현법이었다는 점에서 그렇다.

　필자는 교토 붓쿄(佛敎)대학 대학원에서 가모노 초메이를 본
격적으로 연구하고부터 오늘날까지, 《방장기》는 한편으로는
'무상감'을 넘실거리는 작품으로 인식케 되었다. 또 한편으로
는 그 '무상감'에서 부챗살처럼 퍼져 나오는 정감이 늘 필자의
가슴을 잔잔하게 적셔 주는 내용이었다. 이런 점이 있기에 이
《방장기》는 필자의 주된 학문적 연구의 대상이 되었던 것이다.

　《방장기》가 태동하던 당시의 사회는 귀족이 중심이 되는 헤
이안 시대와 무사가 이끄는 가마쿠라 막부시대가 교차되는 상
황이었다. 당시의 문학적인 경향은 사회적인 관심사를 그대로
반영한 것이 많았다. 그 중에서도 특히 무사들의 무용담(武勇
談)을 그린 군키모노가타리(軍記物語)[14]와, 전란이 계속되면서
현실에 대한 부정과 종교에 대한 관심이 고조되면서 등장한 승

---

14) 이 같은 작품으로는 『호겐모노가타리(保元物語)』 · 『헤이케모노가타리(平家
　　物語)』 · 『타이헤이키(太平記)』 · 『기케이키(義經記)』 · 『소가모노가타리(曾
　　我物語)』 등이 있다.

려와 은자(隱者)에 의한 문학이라는 두 경향이 두드러졌다.

《방장기》라는 작품은 처음부터 끝까지 매우 사실적이라 할
수 있다. 그것은 당시의 정황이나 초메이 자신의 내면세계를
실답게 묘사한 점이 여타의 작품과 비교할 때, 작가 자신이 직
접 체험한 일들을 뭔가에 메모해 두었다가 기술한 것이라는 점
에서도 그렇고,《교쿠요(玉葉)》[15]《메이게쓰키(明月記)》[16]《아
즈마카가미(吾妻鏡)》[17]《햐쿠렌쇼(百錬抄)》[18]《헤이방키(兵範
記)》[19]《다이키(台記)》[20] 등 당시의 사서(史書)에 나타나 있는
일기(日氣)를 비롯한 내용과 일치한 면이 적지 않다는 점에서
도 특이한 점이라 할 수 있다. 이상과 같은 사서를 검토해 보면
해당 일에 일어났던 주요 행사는 물론 날씨까지《방장기》의 내
용과 거의 흡사하기 때문이다.

초메이는 일본의 중세사회가 귀족정치에서 무가정치로 변화
되는 시점에서 발생한 앞의 다섯 가지 재해에 주목하고 그것을
자신의 사색의 세계로 끌어들여《방장기》라는 수필의 형태를
빌려 노래한 것이다. 필자는 더욱 이 다섯 가지 재해에 관한 기
사가 당시의 사료(史料)와 비교해 볼 때 '매우 사실적이었다'는

---

15)『玉葉』(第一, 第二), 國書刊行會代表者 · 今泉定介 編, 明39
16)『明月記』(第一), 藤原定家 著, 昭60
17) 新訂增補國史大系『吾妻鏡』(2), 昭60
18) 新訂增補國史大系『百錬抄』, 昭54
19) 增補史料大成(19, 22)『兵範記』(2, 5)
20) 增補史料大成(23)『台記』(1)와 增補史料大成『台記別記 · 宇槐記抄』

논문[21]을 집필한 적이 있는 바, 이는 이 분야를 이해하는 데 적잖은 도움이 될 것으로 보인다. 이런 점에서 《방장기》는 자연과 사회변동에 따른 인간사의 무상함과, 자연과 더불어 살아가는 소박함에 대한 예찬이 교차되면서 탁월한 예술성이 드러나는 '수필문학' 의 최고봉(最高峰)이라 해석하고 싶다.

초메이가 예술과 풍류의 길을 마다하지 아니하고 힘써 노력하고 있을 당시, 학문과 계율이 중시되는 헤이안 시대의 불교는 점점 쇠퇴하고 염불ㆍ참선ㆍ실천을 강조하는 신불교(新佛教)[22]가 세력을 얻으면서 무사와 서민층에 급속히 확산되어 갔다. 그러나 최초로 성립된 무가 정권인 가마쿠라 막부와 기존의 정치적ㆍ사회적인 영향력을 행사하던 귀족 중심의 체제가 혼재되어 정치적인 상황은 여전히 불안하였다. 초메이의 《방장기》는 바로 이런 역사적ㆍ사회적 배경을 지니고 탄생하게 된 것이다.

전술한 바와 같이 《방장기》의 작가 초메이는 앞에서 밝힌 일련의 충격적인 사건들을 통해 인간사의 부질없음과 사회현실의 냉혹함에 낙담하면서 삶에 대해 깊은 무상감을 느끼게 되었다. 결국 50세에 출가를 단행한 것이다. 《방장기》에 응축된 무

---

21) 졸론, 「方丈記에 있어서 五大災害記事와 當時史料의 關係」, 日語教育(第十一輯), 韓國日本語教育學會, 1995, pp.215~231

22) 가마쿠라 시대에 들어서면서 불교계에 일어난 새로운 경향으로, 호넨(法然)의 조도슈(淨土宗)와 신란(親鸞)의 조도신슈(淨土眞宗) 등을 일컫는다.

상감은 바로 이런 초메이의 개인적인 경험에서 비롯되었다.

《방장기》전반부(제1-22단)에는 인간과 주거의 관계 속에 나타나는 허무함과 인생의 변화·유전(流轉)의 모습을 그리면서도 다섯 가지 천변지이(天變地異) 등을 통한 저자의 불안과 인간사의 무상이 실려 있다. 후반부(제24-37단)에는 초메이가 30대 까지 살았던 가모가와 변은 물론이고 본격적으로 출가한 후의 생활을 통해 살면서 느낀 내면의식과 불교적인 생활방식에 관한 내용이 자세하게 기술되어 있다. 이 중 후반부는 초메이의 한가로움이 하나의 법열(法悅)로 비쳐지기도 한다. 그러므로 필자는 이런 점들을 스스로의 내면의식을 통해 관조하면서 일본의 고전수필문학 작품 중에서 자연과 인생이라는 거울을 통해 자신을 발견하려는 마음가짐으로 이《방장기》를 거듭 읽어보고 느낀바 남달리 커 2004년에 이를 국내에 번역하여 소개한 것이다.

그런데 이어지는 후반부에는 초메이가 30대까지 살았던 거처를 떠나서 어쩌면 "피신할 곳이라면 어디라도 좋다"는 심경(心境)으로 살았던 가모가와 강변인 가와라, 오하라에서의 5년 정도의 나나을 보낸 후 히노야마로 옮긴다.[23] 히노야마의 조그만 암자에서 살면서 느꼈던 내면의식과 그 곳의 주변과 정황, 그리고 불교적인 자기방식에 의한 수행에 관한 내용이 자세하게 기

23) 目下華子,『鴨長明研究 ─ 表現の基層へ』, 2015, 勉誠出版, p.10 참조.

술되어 있다. 특히 초메이는 이 후반부를 통하여 히노야마에서
느낀 한거(閑居)를 통한 즐거움을 자신의 세속적인 삶의 방식
과 대비하여 설명한 바, 어찌 보면 불교의 수행승(修行僧)으로
서는 턱없이 부족하다 할지라도, 그에 근접한 법열을 자신의 행
복감으로 표현하고자 했던 것으로 풀이된다.

그럼에도 초메이는 출가한 이후 자신이 겪었던 경험에 바탕
하여 무상감과 유현(幽玄)함을 진솔하게 드러내고 있으면서도
내면세계에 대한 날카로운 응시를 통해 철저하지 못한 출가생
활에 대한 반성과 사색의 면모를 리얼하게 묘사하고 있다는 지
적도 가능해진다.

이 작품의 명칭과 관련해서 혹자는 중국의 '기(記)'체를 모
방해서 쓴 것이라고 해석하기도 한다. 작가인 초메이가 역사적
(歷史的) 격동기(激動期)를 살아가면서 만물유전(萬物流轉)
이랄지 제행무상(諸行無常)을 직접 보고 느낀 바를 한일혼문
체(漢日混文體·和漢混交文)로 쓴 일본의 '불교문학(佛敎文
學)'[24]의 일종이라고 보는 것이다.《방장기》의 문맥은 곳곳에서

---

24) 이 '불교문학'의 개념에 관해서, 오오쿠보 료쥰(大久保良順)은 『仏敎文學을
讀む』라는 책(講談社, 昭61, p.4)을 통해, '불교문학은 애매한 점이 사실적이
다'면서, 불교문학이라는 술어는 그 학계에 있어서 막연한 개념을 갖고 있다
고 말한다. 그러면서도 그는 이 술어의 계열에는 두 개의 계열이 있다고 하는
데, 하나는『法華経』『阿含経』등 불교 경전 그 자체를 문학으로 보고 이것을
불교문학이라는 계열로 보는 견해이다. 따라서 이는 소위 경·율·론(経·
律·論) 등 삼장(三藏)을 불교문학의 주체로 보는 셈이다.
이에 반하여 다른 계열은, 불교문학을 불교사상·불교신앙·불교의례 등과

한문을 중히 여겼던 바 없지 않으나, 그것은 소위 한문 자체의 필법(筆法)이라기보다는 초메이의 개성이 이미 확립된 문체라 해도 좋을 것이다. 그것은 일본 고대에 발간된 '모노가타리(物語)' 등에 나타나는 유연한 문체에 비하여 강한 필적(筆跡)으로 기술한 점이 있기 때문이라 할 수 있다.

　이《방장기》라는 작품을 보는 견해와 발상에 의해 다음과 같이 구성이 되어 있음을 필자의 석사학위논문「鴨長明の研究 (가모노 초메이 연구)」에 기초하여 간단하게나마 언급하면 다음과 같다.

　　1. 비참한 제상(諸相)으로서 '세상의 불가사의(不可思議)'
　　2. 구원(救援) 없는 낙토(樂土)로서의 '한거(閑居)의 삶'

깊이 관련된 문학작품이라는 해석이며, 불교찬가 · 불교설화 · 법어 등을 중심으로 하는 이른바『平家物語』·『方丈記』·『徒然草』등과 같은 것까지도 불교문학이라고 보는 입장이다. 또한 미네시마 쿄쿠오(峰島旭雄)는「仏敎文學の槪念規定とその諸問題」라는 논문(仏敎文學硏究會 編, 仏敎文學硏究 第八集, 法藏館, 昭和 44, pp.7-34)을 통해 '불교의 문학', '불교와 문학', '불교인가 문학인가', '불교에 의한 문학', '불교를 위한 문학' · '불교에 있어서의 문학' · '불교적 문학' 등등 여러 가지 의미로 취급될 수 있음을 밝히고, 각각의 경우 어떤 성격의 의미가 되는지를 논술하고 있다.
한편, 이에 관하여 金雲學 · 洪起三 · 李晉杓 등은 각각『佛敎文學의 理論』·『불교문학의 이해』·『韓國佛敎文學의 硏究』라는 책을 통해 한국인으로서 각기 다른 해석을 피력하고 있으나, 상당한 양을 일본 학자들의 의견을 바탕하여 각각 자신의 의견을 기술하고 있다. 이에 관해서는 졸론(日本近代文學과 佛敎—신란(親鸞)사상을 중심으로—, 日本語文學 第10輯, 韓國日本語文學會, 2001, pp.171-172에 실려 있는 주13)을 참조하기 바란다.

3. 철저하지 못한 각성(覺醒)으로서의 '마음의 응시(凝視)'[25]

그러나 이를 보다 상세하게 표현하면 다음과 같다.

전반부 : 무상한 세상을 살아가는 인간의 고뇌의 탄식.
1. 사람 · 주거(住居)의 대립 관계와 세상의 무상함.
2. 다섯 가지 천변지이(天變地異)의 예로서의 무상한 세상의
   증거.
3. 이 세상의 인간과 단절 없이 붙어 다니는 여러 가지 고뇌와
   불안.

후반부 : 임시 주거인 방장의 암자에서의 한가로운 생활과 정
       취(情趣).
1. 히노(日野)의 방장암에 안주할 때까지의 경위.
2. 암자에서의 자유로운 감흥(感興).
3. 철저하지 못한 불도수행(佛道修行)과 한가로운 생활의 반
   성.[26]

이상과 같이 구성되어 있는《방장기》가 당시의《지테이키(池
亭記)》[27]를 모방한 문헌에 불과하다는 학설도 있다. 그러나 지

---

25)「鴨長明の硏究」, 佛敎大學修士學位論文, 京都, 平4(1992), p.107 참조
26) 상게 논문, pp.107-109
27) 덴겐(天元) 5년(982) 10월, 요시시게노 야스타네(慶滋保胤)에 의해 성립한 헤
   이안 시대의 한문문학을 대표하는 작품이다. 작자는 50세 무렵에 쿄오토 로쿠

금까지 밝혀진 여러 가지 학설에 근거해 볼 때, 저자인 초메이가《지테이키》에 대하여 익히 알고 있었고 역사적 서술 방식이 비슷하다고 해석하는 학설도 없지 않다. 그러나《방장기》는 앞에서 수차례에 걸쳐 밝힌 바와 같이 매우 실증적이 작품이므로 초메이가《방장기》에서 표현한 방식을 어떤 작품을 모방한 하찮은 작품으로 평가절하해서는 결코 안 될 일이라고 본다. 그렇게 치부하고자 한다면 마땅히 보다 철저한 연구를 하여 더욱 설득력 있는 자료를 제시해야 할 것이다.

《방장기》에는 적잖은 전본(傳本)이 있다. 초메이의 원작(原作)을 어떻게 판정할 것인가에 대해서는 지금까지 확실하게 언급되지 않고 있다. 결국 이 점에 대해서는 학계의 과제가 되어 있는 셈이지만, 제본(諸本)은 일반적으로 광본(廣本)과 약본(略本)으로 나눠지고 대략 다음과 같은 내용으로 분류된다.

1. 광본 방장기

① 고본(古本) 계통

조에 처음으로 거택을 마련하고 살았다. 이 작품은, 새로운 거처에 대한 모습을 형용하면서 거기에서 살아가는 자기의 생활태도를 주로 기술하고 있다. 이 책의 특색이라면, 白樂天의 「池上篇幷序」·「草堂記」 등에서 익히고, 관인(官人)·시인(詩人)·은일(隱逸)의 입장의 균형을 지님으로써, 한적생활(閑寂生活)의 이상을 일컫고 있는데, 이런 점이 세간(世間)의 비판의 대상이 되고 있다. 아울러, 작자는 이 작품을 쓴 뒤 4년 후에 출가하게 되면서 스스로 자신의 과거의 생활을 청산하고 있는 듯 하다. 따라서 『방장기』가 형식이나 내용의 양면을 통해 이 『지테이키(池亭記)』의 영향을 크게 받고 있다는 학설도 있다 하겠다.

　　　　다이후쿠코지 본(大福光寺本), 마에다 본(前田本), 야
　　　　마다고유 본(山田孝雄本) 등
　　　② 유포본(流布本) 계통
　　　　사가 본(嵯峨本), 가모노 초메이 호조키노쇼혼분(鴨長
　　　　明方丈記之抄本文), 군쇼루이쥬 본(群書類從本) 등
　　2. 약본 방장기('이본(異本) 방장기'라 호칭되고 있음)
　　　① 조쿄 본(長亨本), 엔토쿠 본(延德本) 등
　　　② 마지 본(眞字本)[28]

　이상과 같은 제본 중에서, 어떤 계통 또는 어느 것이 원작이
고 만일 초메이의 원작이 없다면 어느 것이 가장 원본에 가까
운가에 관해서 관심을 기울이지 않을 수 없다고 본다. 그러나
오늘날까지 거의 대부분의 학자들은 〈다이후쿠코지 본(大福光
寺本)〉을 중심으로 하는 '광본' 쪽에 무게를 두고 있다. 그러니
까《방장기》의 원본은 없는 것으로 판단되며, 이상의 내용이 학
계의 정설로 되어 있는 셈이다.
　아울러 이《방장기》는 말류귀족(末流貴族)이 지배하던 사
고방식에 대하여 부정적인 견해를 생생하게 기록했다는 점에
서 이전의《마쿠라노소시》와 통하는 면이 있지만, 동시에 색다
른 면도 있다는 평가를 받고 있다. 아울러 그 부정적인 면을 넘
어서서 은자로서의 안주(安住)의 경지(境地)를 끊임없이 찾아

---

28)『方丈記諸本の本文校訂に關する硏究』, 草部了円 著, 昭41, p.7

내려는 움직임을 직접적으로 느끼게 한다. 이런 점에서 요시다 겐코(吉田兼好; 대략 1283~1352)가 쓴《쓰레즈레구사(徒然草)》[29](1330)와 공통적인 점이 있다. 그것은 불교적(佛敎的) 무상관과 유교적(儒敎的) 윤리관에 근거하여 당시 문화인으로서의 최고의 지성 · 양식 · 교양을 갖추고 있던 요시다 겐코가 자신의 마음에 떠오르는 고증 · 감상 · 비평을 비롯하여 그 밖의 견문을 243단에 걸쳐서 기술한 점에서 그렇다. 이 작품의 문장은 간결하고 평이하다. 그러나 앞에서 언급한 부분을 넘어서서 노장(老莊)의 허무철학 등을 배경으로 자신이 생각하고 보고 느낀 것 등을 통일성을 가지고 기술한 것이다. 그렇지만 이 작품이 기술된 시기와 동기 등에 대해서는 여러 가지 학설이 있으나 여기서는 생략하기로 한다.

---

29) 이 작품이 송숙경 씨에 의해 한국어로 번역되어 1996년 7월 25일 도서출판 '을유문화사'에 의해 한국어판으로서 최초로 출판되었다. 그러나 전체 내용이 아니라 옮긴이의 선별적인 작업에 의해 부분적인 번역서라는 평가가 일반적이었다. 그러자 이 작품은 채해숙 씨에 의해 새롭게 완역되어 2001년 1월 5일 도서출판 '바다출판사'에서 발간되었다. 그러나 채해숙 씨는 이 책을 완역하기 이전에 이미 암에 걸려 투병생활을 한 바, 일부는 병상에서 번역되었다는 소식이 있어 주위를 안타깝게 했다. 결국 채씨는 이 책이 번역 완간 되어지기 직전에 임종(臨終)의 소식을 후학들에게 남기고 말았다.

문학적 가치

　《방장기》의 문학적 가치는 뭐니뭐니 해도 전반부의 오대재해를 통한 무상감과 후반부의 한가로움의 추구라고 할 수 있다. 그것은 이 두 가지를 통해 오늘을 살아가는 지혜, 즉 힌트가될 수 있기 때문이다.

　나아가 《방장기》라는 고전 수필을 통해서 비판적(批判的) 연구를 함으로써 그 가치의 평가가 나타난다고 본다.

　이 '비판'의 첫째는, 그 주제의 가치에 대하여, 저자 초메이가 어떤 인생에의 의지나 의욕을 가졌는가? 또는 어떤 의미에서 현대를 살아가는 우리들의 인생을 높이고 깊게 하는 의의를가질 것인가를 확실하게 함이라고 여겨진다. 그 주제가 가지는의의로서 인정되는 것은, 초메이가 한편으로는 소위 '오대재해'를 통한 인간의 무상감과 세간의 무상함을 확실하게 관조하고 자각하는 것이다.

　둘째로는, 이 무상함의 자각에서 사람과 주거가 참으로 안정된 경계를 추구하고, 그것을 히노야마의 방장암에서 실현하고 획득하는 일이다. 실제로 실천함으로써 행증적(行證的) 경지가 전개되는 것이다. 즉, 초메이는 초암생활의 고독과 적요(寂寥) 그리고 궁핍을 인내하고 '고독(高獨)'이라 할 독자적인 '마음의 안락함'을 획득하고 그것을 '한가로운 기운'이라고 부른 것이다.

　셋째,《방장기》의 말미에서 이런 '마음의 안락함'을 전면적으로 부정하고 있는 것이다. 이 부정은 세속생활에서 둔세생활로, 그리고 둔세생활에서 한거생활로 나아간 자기의 진로를 고쳐 자기를 재성찰(再省察)하고 자신의 마음가짐을 엄밀한 반성의 극치로 기술해 나갔다는 점이다. 이것이야말로 인간 초메이의 개성적 진실이고,《방장기》의 예술적 도달점이라고 할 수 있다.

　넷째, 이 주제는 결국 초메이의 전 생애를 걸쳐 자기의 경험과 생활에 비추어 '인생의 원리(原理)'를 추구한 것이다. 당시의 말로 표현하면 '도리(道理)'인 셈이다. 이를 추구함으로써 무상의 제관(諦觀)으로부터 히노야마(日野山)의 초암생활의 '안락함'을 인증할 수 있다. 그런 원리의 추구는 단순한 감동이나 정서를 느낌으로서 가능한 것은 아니다. 또한 감상이나 정취(情趣)를 가져도 실천하지 않으면 안 된다.

　《방장기》의 가치는 이런 원리를 자기의 개성에 따라 아무런 속임수 없이 초메이가 선택한 자기추구의 강인함에 있다고 본다.

　한편,《방장기》후반부의 주제는, 초메이가 논리적으로 그것도 탁월한 형상(形象)에 있어서 호소하는 것은 자연 및 사회의 부정적인 측면을 강조하고, 이것을 시대의 전형적인 것으로 생각한 끝에 현실을 절망시한 결과 유일한 탈출로를 불교라는 종교에서 구하였으나 그것도 철저한 신앙심이 아니었다는 점일 것이다. 나아가 '세상을 향한 원한'이 초메이의 생애를 좌우했는가를 여실히 찰지(察知)할 수 있음과 동시에《방장기》집필 당시 초메이의 정신상황도 한편으로는 한가로움을 추구했지만 또 한편으로는 결코 긍정적 불도수행을 하지 않음 또한 초메이 스스로가 안 셈이다. 그러므로 '한가로움'을 추구한 은둔생활(隱遁生活)을 한 것인데, 이 은둔을 초메이는 적극적으로 했다는 평가가 가능해진다.

　한편,《방장기》전반부에서 리얼하게 묘사하여 기술되어진 소위 '오대재해'를 보면, 이 기사들이 당시의 사료인『百練抄(햐쿠렌쇼)』·『玉葉(교쿠요)』등의 내용과 불가불리의 관계가 있다고 필자는 인식하는 바이다.

문학적 위상과 중심 사상

　일본인에게 일본 고전문학작품 가운데 가장 인상적인 것이 무엇이냐고 물어 보곤 한다. 그럴 때마다 적잖은 일본인들은 곧잘《방장기》를 비롯한 몇몇의 고전 수필이라고 대답하곤 했다. 필자는 이런 답변이 결코 상투적인 것이라고 생각하지 않았고 지금 이 순간도 역시 그렇다. 그것은 실제로 그렇게 답하는 상당수의 일본인 지식인층이라면 이 작품의 서문(序文)을 거침없이 애송하고 있다는 점에서 충분히 판단할 근거를 찾을 수 있기 때문이다.

　이《방장기》라는 작품에 어떤 내용의 사상이 투영(投影)되어 있는가에 관하여 간단하게나마 언급하면 다음과 같다.

　일본에서 소위 말법시대(末法時代)를 살다 간 초메이가 세상을 떠난 뒤 8백여 년이나 세월이 경과한 오늘날에 있어서도 이

《방장기》는 많은 사람들의 마음에 깊은 감명을 쉼 없이 주고
있다. 그래서 초메이의 정신적인 궤적(軌跡)을 중심으로 하는
매력이라는 것은 어떤 것인가 하는 것이야말로《방장기》를 읽
고 연마하는 목적이라 할 수 있을 것이다.

　그런 만큼《방장기》에 스며들어 있는 초메이의 '무상관'과 초
메이의 현존하는 '와카'에서 느낄 수 있는 '자연관', 그리고 난
세를 살다 간 초메이의 '인생관'에 대해서 살펴보는 일은 의미
있는 일이라 하겠다.

　우선, 자기 주체를 자조(自照)하려 했던 초메이의 대표작《방
장기》에 있어서의 매력은 무엇보다도 역시 '무상감'에 대한 생
생한 묘사이고, 한편으로는 불교사상 등에 기초를 둔 무상사상
이라고 할 수 있다. 특히 오대재해 중의 무상관은 무언가의 자
료를 본 초메이의 서술과 같아 타 문학작품에 비하여 한층 사
실적이라 할 수 있다. 게다가 그 같은 자료를 본 초메이에 의해
씌어진《방장기》에 기술되어 있는 오대재해가《가모노초메이
슈》의 '와카'에서는 조금도 볼 수 없는 것은《가모노초메이슈》
의 성립연대가 최후의 재해보다 빠른 시기인 1181년(養和 元)
5월 무렵이었기 때문이라 할 수 있다.

　《방장기》의 성립에 영향을 미친 초메이의 사상적 기반, 즉 초
메이를 움직인 정신면의 토대를 고찰하고 탐구한다는 것은 간
단한 일이 아니다. 그것은 초메이의 출가를 제촉한 가장 큰 이
유가 시모가모 신사의 신관이 되지 못했다고만 한다면,《방장

기》는 그의 인생에 좌절과 통한의 마이너스적인 경험이 클뿐만 아니라, 출가 이후에도 가모가와 변이랄지 오하라 및 히노의 도야마라는 자연 속에 매몰되어 자신의 내면세계를 끊임없이 응시한 결과 초메이에 의해 집필되었기 때문이다.

그만큼 초메이는 변화무쌍한 도시생활에서 초암생활을 통해 꾸밈 없이 살았고, 이를 통해 자기 나름의 만족을 느끼고《방장기》를 기술한 것이다. 그렇지만 '자기만족'이라는 것은 마음으로부터 생기는 충분한 만족감이 아니고 무언가 무리한 것이 있었다고 추정할 수 있다.

일본 문학작품의 진수(眞髓)라 할《방장기》를 사상적으로 접근해 보기로 하자.

이럴 때 가장 먼저 이 작품의 주된 사상은 '무상감의 문학'이라는 닉네임에서 알 수 있듯이, 불교사상이 그 주를 이루고 있다. 그러나 그밖에도 작품 속에는 유교사상(儒敎思想)·노장사상(老莊思想)도 적잖게 깃들어 있어 보인다.

그러면 먼저 불교사상에 관하여 살펴 보기로 하자.

《방장기》에는 무상사상을 포함하여 넓은 의미의 불교사상이 적지 않을 정도로 실려 있는 면이 엿보인다. 물론, 여기에서 사용되고 있는 '불교'라는 표현은 '일본의 불교'로서 일본불교사(日本佛敎史)적인 사상의 일면을 가리키고 있는 것은 두 말할 것이 없다. 따라서 여기에서는 당시 초메이가 외친 현세부정의 사상이라 할 무상사상을 넘어서 정토교(淨土敎) 사상과 말법

사상(末法思想) 등의 불교사상을 의미하고 있다고 할 수 있다. 역사적으로 보면 일본불교는 무엇보다도 신불습합(神佛習合) 의 형태적 징조가 발생해 있다 할지라도, 정토사상이 가마쿠라 (鎌倉) 시대 이후의 염불종(念佛宗)에 커다란 영향을 주었다. 나아가 당시의 인심을 어지간히 자극할 수 있었기 때문에, 시 대의 사조(思潮)와 함께 타나난 작품의 불교적 열반을 향한 동 경(憧憬), 정토교적 왕생극락, 불교의 세계를 실현하려는 일 등 의 특징적인 면을 지니고 있다고 하겠다. 이런 다양한 영향에 의해 은둔사상(隱遁思想)이 발흥하고 초암문학(草庵文學)자 들이 속출한 분위기 속에서 초메이도 또 그 중 한 사람으로 탄 생했다고 보지 않을 수 없다.

그러면 먼저, 내면적 울림과 무상감의 색채가 짙게 묻어나는 서문을 잠시 감상해 보기로 하자.

강물은 끊임없이 흘러가지만, 그 강에서 흐르고 있는 물은 시 시각각으로 바뀌어 흘러, 이젠 옛 물이 아니다. 흘러가다 멈춘 곳에서 수면으로 떠오른 물거품은 사라지는가 하면 다시 떠올 라서, 하나의 물거품이 그 모습 그대로 오래 머물러 있는 적이 없다.[30]

---

30) 이 작품인 『방장기』의 서문(序文)으로서 본문 제1단의 내용이다. 필자가 이 작품에 관하여 일본 현지에서나 한국(韓國) 내에 입국하여 살고 있는 일본인 을 만나 담론할 기회를 갖고 보면, 고등교육 이상의 과정을 받은 사람의 경우 라면 거의가 이 서문을 암기하고 있을 정도였다.

간결하면서도 인생의 무상함을 깊이 느끼게 하는 이 서문은, 흘러가는 물결처럼 마음속에 휘몰아치는 여울을 만들었다가도 어느 틈에 다시 잔잔한 흐름으로 이끈다. 그러므로 아무도 없는 곳에서, 홀로 어디론가 흘러가는 물결을 바라보며《방장기》의 서문을 음미하고 자신의 내면세계를 응시해 본다면, 이 세상 어느 누구도 과욕을 부려 봤자 쉽사리 사라져 버린다는 이치를 알게 될 것이고, 또 아무리 분노할 일이 있다 할지라도 그 마음을 잠재우지 못할 때 마음이 상하지 않을 사람은 없을 것이다.

결국 이《방장기》라는 작품은 저자 스스로의 자성(自性)을 검토하는 내면적인 성찰이 곳곳에 묘사되어 있는 무상감과 은둔(隱遁)·초암(草庵)생활을 하면서 내면세계에 일어나는 정신적 고뇌(苦惱)를 그린 수필문학이자 불교적 내용과 소재를 다분히 취하고 있다는 점에서 '불교문학'의 일종이라고 평가할 수 있는 것이다. 따라서 이《방장기》는 초메이의 내면적 성찰과 사색적 울림이 자연과 인생이라는 거울을 통해 소박하고 꾸밈없이 있는 그대로 드러나면서 작품 속 어디에서나 살아 숨을 쉬 듯이 꿈틀거리는 일본 불교문학 중에서도 백미(白眉)라 평가하지 않을 수 없다.

그러면 여기에서 초메이의 또 다른 저술서인 설화집《발심집 ; 홋신슈(發心集)》에 실려 있는 내용을 감상하기로 하자.

"오직 이 마음에는 강과 약이 있으며, 얕고 깊음도 있다. 또한
자신의 내면을 살펴보면 착함을 배반하지 아니하고 악을 멀리
한다는 생각도 없다. 마치 바람 앞에 있는 풀잎과 같으리라"[31]

이 인용문에서도 초메이는 덧없고 무상한 자연과 인생에 대
한 의미를 마음 깊은 곳에서 끊임없이 추구하고 있다.

일본의 중고(中古) 시대부터 중세 시대에 이르기까지 일본문
학사의 등장인물은 물론 저자라면 거의가 귀족이나 지식인을
비롯하여 그의 자녀였다. 그럼에도 그들 중에는 산중에 은거
하면서 자신의 내면세계를 조용히 회고하고 응시하는 자들이
적지 않았으니, 이들을 이름 하여 '은자' 또는 '은둔자'라 불러
온 것이다.

《방장기》의 제32단과 제33단을 통해 알 수 있는 바와 같이,
자신의 일은 직접 자신이 한다는 것이 초메이의 삶의 자세였음
은 두 말할 필요가 없다. 이는 다음의 내용을 통해 직접적으로
감지할 수 있는 부분이다.

늘 걷고 항상 일하는 것은 천성을 길러 건강을 증진시키는 데
도 좋은 셈이다. 어찌 하릴없이 앉아서 쉬려고만 할 것인가? 남
을 괴롭히는 것은 많은 죄를 짓는 행위이다. 어찌 남의 힘 같은

---

31) 三木紀人 校注,『方丈記 發心集』, 新潮社, 昭和63, p.44

것을 빌리려 하는가?[32)]

   이들은 비록 몸은 도회지에서 멀리 떨어진 곳에 있었으나, 마음은 보다 보람된 인생을 살아보고자 하는 끊임없는 몸부림 속에서 소위 '차원 높은' 뭔가를 이루려 했다는 점에서 평인(平人)들과는 다른 삶의 방식을 취했다고 여겨진다. 당시 이들은 정신(精神)을 맑히고 밝혀가면서도 그 이전부터 전해 내려오는 이른바 '서방정토(西方淨土)의 극락세계(極樂世界)'에 대하여 동경해가는 색다른 의식을 갖게 되었는데, 이런 의식이 그들의 사고방식을 바꾸게 했던 것이다.

   내가 스스로 출가하여 세상을 떠난 뒤로는 도대체 남에 대한 원망도 없고, 세상사를 두려워 할 일도 없다. 내 생명은 천운에 맡겨진 것이라서 아껴 오래 살려고 생각하지도 않고, 살아있음이 싫어져 일찍 죽으려는 마음도 없다.[33)]

   이 인용문은 비록 불교적인 수양법(修養法)을 모르는 오늘날의 세인들에게조차 시사하는 바가 적지 않다고 여겨지는 대목이다.

   둘째, 유교사상이 《방장기》에 실려 있다고 본다.

---

32) 본문 제33단 내용의 일부이다.
33) 상동

유교가 일본에 전래된 것은 서기 255년(応神天皇 16) 무렵이라 전해지고 있으나,《방장기》의 성립년대가 1212년이기 때문에 약 1천 년 동안 불교 및 신토(神道)와 조화하여 일본문화에 큰 영향을 미친 것은 두 말할 것이 없다. 사실, 유교사상은 주로 한어(漢語)에 의해 표현되어 왔기 때문에 한어를 다양하게 섞어 쓴 일본어 즉, 화문혼효문(和漢混淆文)의 출현에 의해 문학세계로 흘러들었던 것이다.

《방장기》에는 작품의 성격상 유교사상의 표현이 비록 적지만, 유교사상이라 보아야 할 전거(典據)를 찾아 보고자한다.

앞의 불교사상에 관해서도 인용한 바 있는 서문의 내용이라 할 "강물은 끊임없이 흘러가지만, 그 강에서 흐르고 있는 물은 시시각각으로 바뀌어 흘러, 이젠 옛 물이 아니다.〈중략〉 떠오른 물거품은 사라지는가 하면 다시 떠올라서, 하나의 물거품이 그 모습 그대로 오래 머물러 있는 적이 없다."는 내용이 여러 가지 전거로 지적되고 있다. 그러나 이것은 고대 일본문학의 하나인 《만요슈(萬葉集)》제7권에 나타나 있는 내용[34]과 대체로 흡사하다고 본다.

그렇지만, 이것보다도《논어(論語)》에는

---

34) 「ゆく川の過ぎにし人の水折らねばうらぶれ立てり三輪の檜原は(柿本人麻呂)」(『萬葉集』二〈日本文學大系5〉, 高木市之助 外 二人 校注, 昭34, pp.208-209와 p.219 참조)

공자께서 냇가 위에서 말했다. "가는 것이 이와 같구나. 밤낮
으로 흘러 쉬는 일이 없구나!"라고.[35]

라는 글이 있다. 초메이는 이 출전(出典)에서 힌트를 얻어《방
장기》모두에 위와 같이 표현한 것으로 보인다. 물론, 초메이가
즐겨 사용한 전거는 이 외의 자료에 의해서도 가능하다고 추정
된다.

몸은 마음의 괴로움을 알고 있기에 괴롭다고 생각될 때는 쉬
게 할 수 있을 것이고, 마음이 잘 내킬 때에는 두 손과 발을 사
용하기만 하면 된다. 그렇다고 너무 자주 사용해서 도를 넘어서
는 안 된다. 몸에 기운이 없어 무겁게 느껴지면, 일하지 않더라
도 마음이 몸의 괴로움을 잘 알기 때문에 마음을 안달하지 않
는다. 더구나 늘 걷고 항상 일하는 것은 천성을 길러 건강을 증
진시키는 데도 좋은 셈이다. 어찌 하릴없이 앉아서 쉬려고만 할
것인가?[36]

이상의 인용문은, 인간의 두 가지 속성에 대한 간단한 논술로
서, 한 개의 '인간'이라는 존재가 '몸'과 '마음'이 이율배반격으
로 되어 있음을 표현한 것이다. 물론 한편으로 생각해 보면, 그

---

35) 「子在川上曰, 逝者如斯, 不舍晝夜.」(『論語』子罕篇 16)
36) 본문 33단 내용의 일부이다.

두 개의 상극관계 중에 '자기'를 생각하는 자세를 확실하게 지니고 있다고 생각된다. 그리고, 사고라는 방법으로 자기의 정체성을 지녀 나가기 위해서는, 그 구하는 방향은 형체인 '몸'보다도 안에 자리 잡고 있는 '마음' 쪽으로 무게를 두게 된다. 초메이는 그런 의식 위에 '마음'을 주로 하고 '몸'을 노복(奴僕)으로 삼는 논술을 펴 나갔던 것이다.

그러나, 근본적인 인간의 '마음'의 문제, 즉 성품(性稟)이라는 면에 있어서는 인용문에 나타나 있는 「천성을 길러 : 양성(養性)」를 유교적인 견해로 해석할 수 있을 것 같다. 이에 관해서는《맹자(孟子)》에

맹자가 말했다. 자기가 지니고 있는 본심을 충분히 발전시킨 사람은 사람의 본성(本性)이 원래 착하다는 것을 알 것이다. 그 본성이 착하다는 것을 알면 하늘의 마음을 알 수 있다. 자기의 본심을 잘 보존하고 그 본성을 잘 기르는 것이 곧 하늘을 섬기는 도리인 것이다.[37]

라는 문구가 있다. 여기에서 양성의 의미를 위 인용문처럼 해석할 수 있기 때문에, 초메이의 사상이 성품을 잘 길러 나가야 인간다운 삶을 영위할 수 있다는 유교사상과 딱 떨어져 맞는

---

37) 「孟子曰 盡其心者 知其性也, 知其性則知天矣, 存其心 養其性 所以事天也.」 (『孟子』卷第十三 盡心章句 上 1)

점이라 할 수 있을 것이다.

셋째, 노장사상 또한 초메이의 사상체계의 일면을 이루고 있어 보인다. 그러므로 필자는, 초메이가 노장사상의 영향 또한 충분히 받았을 것이라는 일면을 밝히고자 한다.

미타(彌陀)의 손에 구원되어 정토(淨土)에 태어날 것을 원하는 정토교가 중국에서 성립된 것은 중국불교의 황금기라 할 수도 있고 노장사상의 전성기라고도 할 수 있는 육조(六朝)를 비롯하여 수(隨)나라와 당(唐)나라 시대의 일이다.[38] 그러므로 이 정토교가 노장과의 사이에 교류가 생기기 시작했다고 해도 하등 이상한 일이 아닐 것이다. 따라서 중국에 있어서 정토교와 노장의 관계가 밀접했다고 해도 좋을 것이다. 정토교의 근거인 《정토삼부경(淨土三部經)》의 하나인 《대(大)무량수경(無量壽經)》 그 자체가 빈번하게도 '자연'이라든가 '무위자연'이라는 말을 많이 사용하는 면에서 생각해 보면, 일본의 정토교에 있어서도 노장의 무위자연사상(無爲自然思想)을 향한 접근이 강하다고 할 수 있다.

그것은 특히 소위 일본에서 신(新)종교의 출현기인 가마쿠라 시대를 맞아 호넨(法然, 1133-1212)[39]에 의해 창립된 조도슈

---

38) 『「無」の思想』(老莊思想の系譜), 森三樹三郎, 昭44, p.162 참조.
39) 헤이안 말기 · 가마쿠라 전기의 승려로 일본 조도슈(淨土宗)를 창립했다. 초메이 보다 조금 일찍 태어났으나 동시대(同時代)의 인물로 평가할 수 있어 보인다.

(정토종, 淨土宗)[40]에 이어 조도신슈(정토진종, 淨土眞宗)의 종조(宗祖)인 신란(親鸞, 1173-1262)[41]이 자연법이(自然法爾)라는 말을 애용하고 있고, 그의 사상 구성의 최후 귀착점이 이 '자연법이'에 있기 때문이다.

한편 초메이는 본래 천태정토교사상(天台淨土敎思想)을 신앙한 셈인데, 이런 점에서 초메이가 호넨과 그의 제자였던 신란과 중간적 시기에 태어난 점에서 보면, 초메이야말로 일본에 있어서 노장사상의 영향을 받은 인물이라 추측된다.

게다가 《방장기》에 나타나 있는 '한거(閑居)의 기미(氣味)'에 있어서 초메이가 구하고 있었던 것이 무상(無常)의 극복이라는 점이다. 이것은 두 말할 것도 없이 생사(生死)를 초월하고자 하는 문제와 직결되고 있어 《방장기》에 이런 노장사상의 투영이 적잖게 보인다고 하는 것은 무리한 발상이 아닐 것이다.

《장자(莊子)》의 「대종사편(大宗師篇)」에

---

40) 이 '정토종(淨土宗)'은 불교의 한 종파로서 중국의 정토교(淨土敎)의 영향을 받아 한국과 일본 양국에서 공히 사용되는 호칭이나, 여기에서는 일본에 해당되기 때문에 '조도슈'라 표기하고, 아래의 '정토진종(淨土眞宗)'도 '조도신슈'라 표기함을 밝혀 둔다.

41) 일본 가마쿠라 전기의 사상가이며 조도신슈의 종조(宗祖)에 해당하는 인물이다. 젊어서 히에잔(比叡山)에 입산, 29세 시 호넨(法然, 1133-1212)의 제자이기도 했던 그는 자신의 죄업(罪業)의 깊이를 탄식(歎息)함과 동시에 자신과 같은 인간도 구제(救濟)될 수 있다는 신앙심을 기쁘게 생각했던 인물이다. 그에 관련된 서적으로는 그의 친저(親著)인 『와산(和讚)』이나 『교교신쇼(敎行信證)』도 유명하나, 그의 제자인 유이엥(唯円)이 지었다는 『단니쇼(歎異抄)』도 간과해서는 안 될 자료이다.

　　옛날의 참사람은 삶을 설할 줄 모르고, 죽음을 미워할 줄 몰랐다.[42]

는 문장이 있다. 이 문장처럼 도가(道家)에서는 "삶을 완수하기 위해 삶의 욕구마저 버려라"고 설하고, 사생일체(死生一體)인 점을 강조한다.

　　그렇지만 초메이는 작품《방장기》를 통해서 도가(道家)에서 독특하게 제시하는 위와 같은 사생관(死生觀)에 대해서 아무런 관심을 표현하지 않고 있다. 다만, 초메이가 마음을 빼앗기고 있는 것은 오로지 노장이나 도가가 설하는 허정염담(虛靜恬淡)의 삶의 태도였지 죽음을 초극(超克)하는 방법에 대한 것은 아니었던 것 같다. 단지 노장사상이《방장기》에 미친 영향은 몇 군데 나오는 바,

　　물고기는 언제나 물에 살면서 싫증내는 일이 없다. 그렇다고 해도 물고기가 아니면 그 기분을 전부 알 수는 없다.[43]

　　이는 그 가운데 어구출전(語句出典) 중에서 나오는 하나의 예이다. 그렇지만 그 다음으로 노장사상이《방장기》에 미친 영향 중 서술 내용을 살펴보면 다음과 같다.

---

42) 「古之眞人, 不知說生, 不知惡死」(『莊子』上, 大宗師篇)
43) 「惠子 曰, 子非魚, 安知魚之樂」(『莊子』秋水篇)

만일 누군가 내 말이 의심스럽다고 생각된다면, 예컨대 저 '물고기'나 '새'의 모습을 보라!〈중략〉 내가 머물고 있는 한적한 곳에서 지내는 절실한 기분도 마찬가지다. 살아 보지 않고 그 누가 이 좋은 기분을 확실하게 안다고 할 수 있겠는가? 어느 누구도 이런 마음을 알 리가 없다.[44]

이상의 내용은 제14단의 일부분이다. 초메이의 한 평생을 통해 볼 때, 그는 참답게 '한가로움'을 추구하려 부단히 노력했던 것이다. 결국 이 작품의 전·후반부를 통해 볼 때《방장기》의 문학적 가치 내지 그 위상은, 초메이가 자기 자신이 직접 보고 겪었던 점을 사실(史實)에 입각, 마음 속 깊은 곳에서부터 일어나는 정념(情念)을 정열적으로 읊은 서정성(抒情性)이 짙은 문학이며 문예적인 작품이라고 요약할 수 있다. 이는 풍류풍아(風流風雅)의 세계에 도달한 문인(文人)으로서 초메이의 진면목을 감히 보여주고 있다고 해석된다. 따라서 이 내용은 역연(歷然)한 노장사상을 나타내고 있다고 해석된다.

《방장기》가 후세에 미친 영향이라면 독자들로 하여금 인간 세상의 무상함을 적나라하게 느끼게 하였음은 두 말할 필요가 없다. 그것은 역시 오대재해를 통한 무상감과 한가로운 삶의 중요성에서 비롯된 것이라 할 수 있다. 그러나 이 작품이 문학계에 미친 것이라면, 무엇보다도 1백여 년 뒤에 요시다 켄코의

---

44) 본문 34단 내용의 일부이다.

작품《쓰레즈레구사》의 무상관에 관하여 영향을 크게 주었다
는 점이다. 이 점은 비록 일본 고전수필의 3대 작품이《마쿠라
노소시》를 비롯하여《방장기》《쓰레즈레구사》의 순으로 이뤄
진 것이라고 해도,《마쿠라노소시》와《방장기》의 묘사 소재랄
지 방법의 차이는 큰 방면,《방장기》와《쓰레즈레구사》의 그것
은 그다지 크지 않다는 점에서 그 근거를 찾을 수 있다. 10세기
무렵 한 고위 궁녀인 세이쇼나곤에 의해 기술된《마쿠라노소
시》는 데이시(定子) 궁궐에서 일어난 갖가지 일들과 그 속에서
살아가는 온갖 인간을 매우 개성적으로 그린 작품이다. 한편으
로는 자연과 사람의 밝은 마음을 찬미하며 지적인 흥취를 솔직
담백하게 그려낸 작품이라고 말할 수 있다. 그러므로《마쿠라
노소시》는 문학적 위상으로 보면 오히려 무라사키시키부(紫式
部)의《겐지 이야기(源氏物語)》와 함께 헤이안 시대 문학의 쌍
벽을 이루는 작품이라는 특징이 있다고 할 수 있다. 반면《쓰레
즈레구사》는 형식이나 성격 면에서《마쿠라노소시》의 영향을
받기도 했으나, 그 내용의 중심이 되는 무상감 등의 면에서 보
면《방장기》의 영향을 더욱 짙게 받았다고 해도 과언이 아니다.

그렇지만 다른 한편에서 생각해보면,《방장기》로부터 더욱
크게 영향을 받은 일본의 문학가라면, 초메이의 사후 수백 년
이 지난 근세에 들어서 '하이쿠(俳句)'를 완성함으로써 시성
(詩聖)으로 칭송을 받고 있는 일본의 대표적 문호인 마쓰오 바

쇼(松尾芭蕉 ; 1644~1694)[45]라 할 수 있다. 바쇼가 문학적 영역에 지대한 발자취를 남긴 것은 중세와 근세를 통하여 일본문학사에 있어서 또 하나의 큰 획을 그은 일이라 하겠다. 그것은 이미 중세에 상당수의 은자들이 불도를 익힐 셈으로 산중에서 기거한 점 없지 않다. 그러나 당시 은자의 사상적 체계가 주로 탈속(脫俗)의 정신과 자연 애호 사상으로 깊숙이 심취되기 일 쑤였고, 한편으로는 예술에 도취(陶醉)되어 풍류적 생활을 영위해 나간 점이 짙다는 점에서 보면 은자의 마음에 예술에 대한 본질을 추구하고자 하는 정신이 얼마나 컸는가 가히 짐작케 하고도 남음이 있다 아니 할 수 없다.

결국《방장기》에 나타난 은자 사상은 중세에서부터 근세에 이르기까지 계속되어지면서도 시대에 따라 이상과 같이 변화했던 것이다. 그것은 초메이의 문학을 일반적으로 '은자 문학'이랄지 '초암(草庵) 문학' 그리고 나아가서는 '자조(自照) 문학'이라 부르는 학자들이 적지 않기 때문에 알 수 있다.

글로벌 시대에 살고 있는 이 시대의 일반 수필문학에 비교하면《방장기》라는 이 작품은 한 편의 수필로서는 장편이나, 한 편의 여타 작품에 비하면 단편인 셈이다. 그럼에도 불구하고 매우 격조 높은 작품으로 평가받고 있는 것은, 이 작품이야말로 초메이가 중세에 인간의 심적(心的) 세계를 내면적으로 전

---

45) 에도(江戶)시대 전기의 대표적 시인(詩人)으로 유명하다.

개하고 방향을 제시하였다는 점이라 할 수 있겠다. 나아가 저
자 스스로가 진술한 인간적인 면을 정확하게 기록했다는 점 때
문일 것이다. 물론 초메이는 비교적 동 시대를 살면서 '가진'으
로서 격조 높은 와카를 남긴 사이교(西行)와도 흡사한 문학적
성향을 지니고 있었다는 점 또한 간과해서는 안 될 일로 보인
다.

제2부

《방장기》의 五大災害記事와 當時 史料의 관계

서언

《방장기》의 저자로 알려진 가모노 초메이(鴨長明)는 유서 깊은 시모가모(下鴨) 신사의 신관(神管)의 아들로 태어나 와카(和歌)와 비파(琵琶) 등 예술의 길을 걸었던 가마쿠라(鎌倉) 시대의 문예인으로 일본문학사를 전반적으로 보아도 중세 수필문학의 대표적 작가로 손꼽힌다.

먼저, 초메이의 생애를 간략하게마나 살펴보자.

초메이는 1155년(久壽2)에 태어나 1216년(建保4)에 세상을 떠난 인물이다. 그 62세에 걸친 생애의 의의를 추구해 보면, 대체로 다음의 세 가지 시기로 나눠 생각할 수 있다.

제1기는, 태어나서부터 그의 37세에 해당하는 1191년(建久2)까지이고, 이것을 그의 '교양기(敎養期)'로 볼 수 있다.

초메이가 태어난 것은, 가모미야(賀茂御祖)신사, 즉 시모가

모 신사의 신사(神社)를 통솔하는 쇼네기(正禰宜)의 간누시
(神主)인 부친 나가쓰구(長繼)의 집이었다. 그는 장남 나가모
리(長守)의 뒤에 태어나 차남으로서 성장했다.

그 후, 나가쓰구는 병(病)으로 인하여 1170년(嘉應2) 은퇴하
여 친척 스케스에(祐季)에게 네기(禰宜)를 빼앗겼던 것이다.
이런 과정 속에서 그는 예술의 두 가지 길을 걷게 된다. 하나는,
와카의 길이다. 가진 슌에(俊惠)의 문에 들었지만, 그 기타시
라카와(北白川)의 집은 가린엔(歌林苑)이라 불렸다. 여기에서
많은 가진들이 나오게 된 것이다. 초메이의 그런 가진으로서의
정진이 열매를 맺은 것으로 『鴨長明集(가모노초메이슈)』가 있
다.

초메이가 전심을 기울인 것은, 와카와 함께 전념한 음악의 길
이었다. 그가 비파를 배운 것은 나카하라 아리야스(中原有安)
를 스승으로 삼았기에 가능한 일이었다. 아리야스는 1194년
(建久5) 가쿠쇼노아즈카리(樂所預)라는 궁중의 음악의 장(長)
에 해당하는 인물이었다. 이 아리야스에게 사사(師事)하게 된
시기는 분명하지 않다. 그러나 도미쿠라 토쿠지로(富倉德次
郎) 씨에 의하면 초메이의 30세 무렵의 일이라고 한다.

제2기는, 37세부터 1204년(元久 元) 봄에 50세의 나이로 출
가하기까지이다. 이 기간은 그의 '가단적 활동기(歌壇的活動
期)'라고 할 수 있다.

이 기간에 초메이는 가진으로서 점차 인증받아 수많은 우타

아와세(歌合)에 참가했다. 특히 와카도코로(和歌所)의 요리우토(寄人)가 된 것은 그의 궁중가단에 있어서 지위를 가리키는 것이라고 할 수 있을 것이다.

초메이 나이 46세인 1200년(正治2) 이후에는 매년 궁중 내외의 많은 우타아와세와 우타카이(歌會)에 출석했다. 초메이의 와카에 대해서는 대체로 당시 가단의 수준에 도달하고 있다는 평이 가능하다. 즉, 『고킨슈(古今集)』 이후의 중고 와카의 전통에 의거하여 제영(題詠)을 중심으로 하는 작풍이 있어 작자의 개성적 진정이나 체험적 감동에 나타난 것으로는 인정받기 어려웠던 것이다.

그러나 '가진'으로서 초메이의 한계 밖에는 의외로 인생의 차질(蹉跌)이 기다리고 있었다. 그가 일찍이 선망했던 시모가모신사의 '네기'가 되는 것이 고도바 상왕의 부름에 의해 실현되려고 했던 것이지만, 스케카네(祐兼)의 반대에 의해 그의 장남 스케요리(祐賴)가 '네기'로 승진했기 때문이다. 이 같은 차질에 의해 출가한 셈인데, 처음에 간 곳은 오하라(大原)였다.

제3기는 1204년(元久 元) 봄에 출가하여 둔세자(遁世者)가 되고부터 죽음에 이르기까지의 얼추 13년 동안이다. 이 기간을 그의 '둔세기(遁世期)'라고 한다.

그러면 그 둔세자라는 것은 무엇인가? 우리들은 산 속 불교에서 일반사회생활을 영위하는 사람들을 가리키는 것으로 알고 있다. 그리고 속인(俗人) 즉 세속 사람이 세속적 생활을 버리고 불도(佛道)에 들어감을 '출가'라고 하는 것으로 알고 있다. 그렇지만 이 출가에는 두 가지의 길이 있는 셈이다.

하나는 젊어서 사찰에 들어가 탁발하고 사미계(沙彌戒)를 받는다. 수 년 간의 수행생활을 거친 후에 구족계(具足戒)를 받아 비구(比丘)·비구니(比丘尼)가 되어 일정한 불교 종파에 소속된 채 그 규제를 받아 정식으로 승려가 되는 길이다. 또 하나는, 중년 이후 뭔가의 동기에 의해 세속적 생활을 사리(捨離)하고 불도에 귀의하여 탁발·출가하여 사미(沙彌)·사미니(沙彌尼)가 되지만, 사찰 생활을 하지 않고 특정 종파에 소속되는 일도 없이 가정을 갖기도 한다. 이로써 세상을 떠날 때까지 비구나 비구니가 되지 않는 것을 가리킨다.[1]

이 같은 출가의 두 가지 길이 이미 일본의 고대사회 중에 열려 있었던 것이다. 따라서 '둔세자'란 이상의 둘 중에서 두 번째의 의미를 지니고 출가한 사람을 말한다. 이렇게 세속생활을 버리고 이런 사회적 지위와 신분이 됨을 중고(中古)·중세(中世)의 말로 표현하자면, '세상을 버린다.'와 '세상을 등진다.'는 등의 말이 성립하게 된다.

초메이의 가문은 가모샤(鴨社)의 '네기'를 대대의 가직(家職)으로 삼아온 혈통이고, 같은 가모씨(鴨氏)라고 해도 샤시(社司)[2]의 집에 비하면 그다지 높지 않았던 것 같다[3]고 도미쿠

---

1) 安良岡康作, 『方丈期全譯注』, 講談社, 1990, p.237-247

라 토구지로 씨는 말하고 있다.

이상과 같은 가모씨의 가문에 출생하여 1216년(建保4) 세상을 떠난 62년간의 생애를 초메이와 초메이의 작품에 관한 연구의 권위자인 야나세 카즈오(簗瀨一雄) 씨는 다음과 같은 4개의 시기로 구분한다.

제1기　유아시대
제2기　청년시대
제3기　가진(歌人) 시대
제4기　은둔(隱遁) 시대[4]

이상과 같이 초메이 생애의 시대구분은 주장하는 논자들에 따라 다르다. 두 사람의 구분방법을 비교하면 후자 쪽이 초메이의 '가진 시대' 이전 시기를 둘로 나누고 있다는 점만 다를 뿐 거의 같다고 할 수 있다.

출생 이듬해 '호겐(保元)의 난'을 시작으로 난세에 돌입한 시대에 부친 나가쓰구의 뒤를 이어 본래부터 신관으로서 사회적 지위를 얻어 입신하고 자기가 좋아했던 예술의 길을 걸으려 했던 초메이는, 친척의 방해로 인하여 그 목적을 달성하지 못하

---

2) 간누시(神主)와 같이 신사의 우두머리를 지칭한다.
3) 富倉德次郎, 『鴨長明』, 靑梧堂, 昭17, p.6
4) 簗瀨一雄, 『鴨長明の新硏究』, 風間書房, 昭37, p.1

고 '가진'으로서의 활약 이외에는 좌절감을 맛보고 끝내 출가 둔세(出家遁世)했다.

출가 후 교토 근교에 있는 히노 도야마에 방장암을 짓고 성스럽다고 생각되어진 임시거처 초암에서 불교적 수행보다는 단지 한가로움에 도취하며 자연과 함께 생애를 마감한 초메이는 《무묘쇼(無名抄)》,《방장기》,《발심집》등을 집필하는 등 말년을 보내다 1216년(建保4) 음력 6월 8일 히노의 방장암에서 생애를 마감했다.

초메이가 이 둔세자가 됨을《방장기》에서 인용해 보면,

예컨대 저 '물고기'나 '새'의 모습을 보라! 물고기는 언제나 물에 살면서 싫증내는 일이 없다. 그렇다고 해도 물고기가 아니면 그 기분을 전부 알 수는 없다.[5] 새는 숲 속에서 살기를 바라지만 새가 아니면 그 마음을 알지 못한다. 내가 머물고 있는 한적한 곳에서 지내는 절실한 기분도 마찬가지다. 살아 보지 않고 그 누가 이 좋은 기분을 확실하게 안다고 할 수 있겠는가? 어느 누구도 이런 마음을 알 리가 없다.

라는 부분과 작품의 끝부분에서 초메이 스스로 자문하는 내용을 보면 알 수 있는 것이다.

---

5) 이 말의 출전은 『莊子』 외편 「秋水第十七」의 마지막 부분에 "莊子 曰, 子非我, 安知我不知魚之樂"의 전후로 보인다.

즉,

　'초메이'야! 네가 세속을 등지고 이 산림에 은거한 것은 어지러운 마음을 가다듬어 불도(佛道)를 수행하기 위해서였다. 그런데도 너의 '렝인(蓮胤)[6] 겉모습은 청정한 승려가 되어있을지 몰라도, 마음은 진흙탕에 물들어 있는 모습 그대로다. 거처는 마치 위대한 정명거사인 유마힐이 만든 방장(方丈)의 소실(小室)을 흉내 내고 있지만, 거기서 네가 하고 있는 일은 아무리 생각해 봐도 주리반특(周利槃特)[7]의 수행에도 미치지 못하고 있지 않는가? 도대체 어찌하여 이렇게 하고 있느냐? 무엇이 이렇게 만들었단 말이냐? 어쩌면 이것은 숙업(宿業)의 과보(果報)로 받은 빈천(貧賤)이 네 자신을 괴롭게 하는 것이 아니고 또 무엇이랴?

를 통해 감지할 수 있는 것이다.
　《방장기》 후반의 중심문제는 '마음(心)'을 둘러싸고 전개됨을 알 수 있다.
　예를 들면 '마음에서 번뇌한다'거나 '마음을 움직인다' 등의 표현이 있다. 그러나 초메이가 출가 후 추구하고 있는 것은 '자기확립의 의지'의 구현이라고 생각된다.

---

6) 초메이가 출가한 뒤의 법명(法名)이다. 여기서 '렝인'은 정토교(淨土敎) 신자임을 나타내려는 것이라는 해석이 일반적이다. 단, 여기서 "소몬(桑門)의 렝인"이라고 한 것은 초메이가 둔세자(遁世者)로서의 신분을 충분히 자각하고 그 입장에서 이 작품을 완성한 것으로 풀이된다.
7) 석가(釋迦)의 제자 가운데서도 가장 어리석었던 제자를 가리킨다.

오대재해기사와 당시 사료의 관계

   '오대재해'의 서술은, 초메이의 말대로 40여 년 정도의 이전 세상의 불가사의(不可思議)한 사건임에도 불구하고, 당시의 사료(史料)나 고기록(古記錄)을 비교할 때 내용적으로도 뒤지지 않는다고 할 수 있다.

   이 '오대재해'를 다시 한 번 순차적으로 기술하면 다음과 같다.

        교토(京都)의 큰불(大火) — 1177년(安元3)
        교토의 회오리바람(辻風) — 1180년(治承4)
        후쿠와라(福原) 천도(遷都) — 1180년(治承4)
        전국적인 대기근(大饑饉) — 1181년(養和元)
        교토의 대지진(大地震) — 1185년(元曆2)

이상과 같이 교토를 중심으로 하는 천변지이(天變地異)가 연이어서 발행했던 것이다. 다음의《방장기》제4단의 내용을 살펴 보자.

내가 이 세상과 인생에 대해 생각할 수 있게 된 때부터 40여 년의 세월을 보내는 동안, 이 세상에 상식으로는 도저히 이해할 수 없는 불가사의한 일들을 내 두 눈으로 똑똑히 본 적이 있다.

초메이가 이 내용을 기술할 때의 임장감(臨場感)은 다른 제1급 자료를 능가할 정도이다. 물론, 초메이가 이런 역사적 서술에 대하여 '호기심'과 '세상에 대한 강렬한 관심'을 특별히 가지고 있었기 때문에 세밀한 묘사가 가능했을 것으로 추정된다. 아무튼 천변지이의 묘사에 있어서 그 리얼리즘이 컸던 바, 그 리얼리즘을 살리기 위하여 역사적인 자료를 바탕으로 오대재해의 사실성(寫實性)을 비록 부분적이나마 당시 사료인 『햐쿠렌쇼(百練抄)』·『교쿠요(玉葉)』의 기사를 비교하면서 하나씩 검토해 보려 한다.

1) 교토(京都)의 큰불(大火)과 『百練抄』·『玉葉』

《방장기》에 나타나 있는 교토의 '큰불'은 초메이 23세 때의 사건이다.

　　안겐(安元) 3년(1177)[8] 4월 28일이었으리라. 바람이 몹시 불어서 너무도 시끄럽던 저녁 술시(戌時)[9] 무렵의 일이다. 교토의 남동쪽에서 불이 일어나서 북서쪽으로 번져 갔다. 결국에는 슈샤쿠몬(朱雀門)[10], 다이코쿠덴(大極殿)[11], 다이가쿠료(大學寮)[12], 민부쇼(民部省)[13]로까지 불길이 번져 하룻밤 사이에 모두 한 줌의 재로 변해 버렸다.

　　화재가 발생한 연월일과 시각을 비롯하여 그 화세(火勢)의

8) 헤이안 시대 말기에 해당하는 안겐 3년(1177) 전후에는 큰불이나 회오리바람·기근·지진 등의 천재지변(天災地變)이 끊이지 않았고, 이로부터 10여 년이 지난 1192년경에는 귀족시대가 끝나고 이른바 중세의 무사(武士) 중심의 바쿠후(幕府) 정치가 시작되었다.

9) 오후 7시에서 9시 사이를 가리킨다. 당시 일본에서도 중국이나 한반도 등 대륙의 영향을 받아 이처럼 '십이지(十二支)'에 의한 시법(時法)이 유행했음을 알 수 있다. 그러나 당시의 사서(史書)인 『교쿠요(玉葉)』나 『햐쿠렌쇼(百錬抄)』에는 '亥の刻'라고 되어 있어, 이 상황을 보다 적절하게 해석한다면 오후 10시 무렵이라고 해야 할 것이다. 어쩌면 이는 초메이의 잘못된 기억에 의한 것이라고 해석된다.

10) 교토의 '다이다이리(大內裏)' 지역의 남쪽을 말하는데, 당시 헤이안쿄의 중앙을 남북으로 관통하는 '슈자쿠오지(朱雀大路)'의 북단(北端)을 가리킨다. '슈자쿠'는 '朱鳥'라는 한자어로도 표기하는데, 이는 원래 남쪽의 별자리를 의미하며 중국에서는 장안(長安)에 있는 성문의 이름으로 사용되기도 했다.

11) '다이다이리' 안에 있는 '핫쇼잉(八省院)'의 정전(正殿)을 말한다. 동서 11 간, 남북 4 간의 대전(大殿)으로 주로 헤이안 시대에 국가적인 행사를 거행했던 곳이다.

12) 당시 관리를 양성하기 위한 최고의 교육기관이다.

13) 호적(戸籍) 조사, 조세(租稅) 등의 업무를 보던 기관이다.

방향, 주요한 소실(燒失) 건물, 화재가 처음 일어난 곳 등이 상
세하게 기술되어 있다. 두말할 것도 없이, '……무렵의 일이다'
라는 표현을 보면, 초메이가 이미 체험한 40여 년 후의 기억을
증명하고 있다.

　나아가 하룻밤 사이에 헤이안쿄(平安京)의 전면이 티끌과 재
로 변해 버렸음을 알 수 있다. 이런 갑작스런 화재가 사실(史
實)이었던 만큼 사람들은 당황한 나머지 불안에 휩싸였고 초메
이 역시 마찬가지였다고 추정된다.

　그러면『玉葉』의 안겐 3년 4월 28일 조(條)를 보자.

　　廿八日丁酉天晴, (中略) 亥刻, 上上有火, 樋口富小路邊云云,
　曉更人吉云, 夜前火猶未消, 京中人屋多以燒亡已, 及內裏, 閑院
　云云. 余騷起見之, 火勢彌盛, 其燼靡乾方, 閑院有危歟, 然而依疾
　厚, 不能相扶, 遣人令見實否, 歸來云, 於閑院者免了, 雖然火勢熾
　盛, 禁中大途爲 爵下[14]

이라고 기술되어 있어 흡사 화재로 인한 처절함을 눈앞에서 보
는 것처럼 생생하게 묘사되어 있다. 정말이지《방장기》의 내용
과 이 기사가 다름이 없으며, 초메이가 실견(實見)한 그대로라
할 수 있다.

　이어《방장기》제6단에는 다음과 같은 내용이 기술되어 있다.

14) 市鳥謙吉編, 玉葉, 第二, 國書刊行會代表者, 明39, p.36

발화지(發火地)는 히구치토미노코지(樋口富の小路)[15]라는 곳이었다. 춤추는 사람을 머물게 했던 가건물(假建物)에서 불이 시작되었다. 휘몰아치는 바람 때문에 불은 이곳저곳으로 옮겨 붙었고, 불길은 마치 부채를 펼친 것처럼 넓 게 번져갔다. 불이 난 곳에서 멀리 떨어진 집에 사는 사람들은 내뿜어대는 연기에 목이 메이고, 가까운 곳에서는 맹렬한 불꽃이 일었다. 밤하늘에는 재가 치솟아 위로 올라가면서 불빛에 비쳐서 하늘이 온통 새빨갛게 된 가운데, 거센 바람을 이기지 못해 찢겨 나간 화염이 한 동네 두 동네를 건너가면서 자꾸만 앞으로 번져갔다. 이런 상황에 처한 사람들은 살아 있다는 기분을 느낄 수 없었다. 어떤 사람은 연기에 숨이 막혀 쓰러지고, 다른 사람은 불길에 휩싸여 정신을 잃어 순식간에 수많은 사람들이 죽어갔다.

이 내용 또한 다음의 『百練抄』라는 사료가 뒷받침해 주고 있다.

廿八日, 亥刻火起,自樋口富小路, 火燃如飛, 八省, 大極殿, 小安殿, 靑龍白虎樓, 應天會昌朱雀門, 大學寮, 神祇官八神殿, (中略) 凡百八十餘町, 此中人家不知幾萬家, 希代火災也, 近年連連有火事, 變異, 果而如此[16]

---

15) 헤이안쿄에 있던 동서로 통하는 소로(小路)의 하나로 오늘날 교토의 고죠(五條)와 로쿠죠(六條) 사이에 있다.

16) 增補新訂國史大系, 百練抄, 吉川弘文館, p.94

이는 편자(編者) 미상(未詳)의 역사서인『百練抄』안겐 3년
4월 28일의 조에 기록된 기사로서, 엄청난 손해를 가져온 화재
가 초메이에 의해 심하게 받아들여진 것은 당연한 일이었다.

이 대화(大火)에 의한 재해 중 가장 컸던 것은 이상의 『玉
葉』의 인용문에 나타나 있는 바와 같다. 이것이 당시 인심에
끼친 영향과 그 충격으로서 실로 심대했던 것이다.

2) 교토의 회오리바람(辻風)과『玉葉』

지쇼(治承) 4년 4월 29일에 엄습해 온 일련의 회오리바람(旋
風)은 安元의 대화가 일어난 지 정확히 3년 후의 일이었다. 큰
불의 기억이 생생하게 남아 있는 터에 불어 닥친 것이었기에
그 만큼 사람들의 불안감이 실로 컸다고 할 수 있다.

　또 지쇼(治承) 4年 4월 무렵에 나카미카도쿄오코쿠(中御門
　京極)에서 엄청난 회오리바람이 일어나 로쿠죠(六條) 근처까
　지 불어온 적이 있었다.

이상의 인용문은 회오리바람이 크게 발생한 연월과 지점만
이 아니라 이동해 간 방향이 실답게 기술되어 있는《방장기》
제8단의 내용 중 그 일부이다. 이 내용은 사료『玉葉』의 기술

내용과 매우 일치하고 있다. 다음 인용문을 보자.

> 廿九日, 辛亥天晴, (中略) 今日申亥上邊, 三四條邊云云, 廻飄
> 忽起, 發屋折木, 人家多以吹損云云, 又同時雷鳴, 七條高倉邊落
> 云云, (中略) 又白川邊雹降, 又西山方同然云云[17]

정말로 당시의 상황은 매우 불가사의했다. 초메이는 이 같은 격심한 변화를 '辻風'라 표현, 가옥이나 가내의 재보(財寶)의 피해는 인간의 힘으로는 어떻게 해도 대처할 수 없다고 봤던 것이다.

그러면《방장기》제9단의 내용 중 그 일부를 보자.

서너 초(町)[18]를 휘몰아치는 세찬 회오리바람에 말려든 집들은 크건 작건 파괴되지 않은 것이 없었다. 납작하게 내려앉은 집도 있고 도리(桁)와 기둥만 남아 있는 것도 있다. 바람에 찢긴 대문은 네댓 쵸나 멀리 떨어진 곳까지 실려 날아가고 울타리까지 날아가 버려서, 이웃과의 경계가 없어져버렸다. 이런 정도였으니 하물며 집에 있는 가재도구들은 오죽했으랴. 모두 공중에 떠 있고, 지붕을 이은 얇은 회(檜)나무 조각이나 판자조각 같은 것은 꼭 겨울 나뭇잎이 바람에 어지럽게 날리는 듯한 지경

---

17) 前揭書, 玉葉, 第二, p.399
18) 우리말의 '동네'나 '마을'에 해당하는 지역 단위이다.

이었다. 바람이 먼지를 연기처럼 하늘로 불어 올리기 때문에 아
무 것도 보이지 않고, 또 무시무시할 정도로 거세게 불어 댄 탓
에 옆 사람이 뭐라고 해도 전혀 들리지 않았다.

전술한 바와 같이 초메이의 태도는 짙은 묘사적(描寫的) 경
향을 띠고 있다. 역사적인 사실을 직접 눈앞에서 경험하고 있
는 것처럼 매우 선명하게 그려내고 있다. 이어 초메이는 선풍
(旋風)의 영향으로 가옥과 사람이 어떻게 무력해지고 어떻게
비참하게 되는가에 관하여 실감하게 한다. 그것은《방장기》제
9단 내용의 일부를 보면 쉽게 알 수 있다.

지옥의 업풍(業風)[19]이 아무리 무섭다고 해도 이처럼 세차지
는 않으리라. 집이 부서지는 것뿐만 아니라 집을 고치는 동안
몸을 다쳐 불구가 된 사람도 얼마나 많았던지 셀 수 없을 정도
였다. 이 바람은 남남서(南南西)쪽, 즉 시내 중심지 쪽으로 옮겨
가서 많은 사람들에게 비탄(悲歎)을 느끼게 했다.

이어 초메이는《방장기》제10단을 통해 다음과 같이 기술하
고 있다.

회오리바람은 곧잘 불기 때문에 그다지 보기 드문 것은 아니

---

19) 불교에서 주로 사용하는 표현으로 중생(衆生)이 지은 죄업(罪業)으로 인해
지옥에서 불어대는 강풍을 말한다.

지만, 이렇게 지독한 바람이 있을까? 이것은 예삿일이 아니다. 인간에 대한 신(神)이나 부처님의 경고가 아닐까 하는 생각이 들었다.

세상의 불가사의에 대한 불안과 동요(動搖)를 솔직하게 술회하고 있다. 거기에는 초메이의 개인적 감동에 바탕하여 세간(世間)의 일반 민중의 소리를 대변하고 있어 보인다. 이 같은 의미에 대하여 『玉葉』 治承 4년 5월 2일 조에는 다음의 내용이 있다.

　　二日, 癸丑終日雨降, (中略) 異常謂怪 辻風雖當事, 未有如今度之事, 仍尤可 爲物怪歟者[20]

라고 실려 있는 바, 이 또한 위 인용문인《방장기》제10단의 내용과 매우 흡사하다. 여기에도 날짜와 일기(日氣)까지도 정확히 기술되어 있기도 하다.

3) 후쿠와라(福原) 천도(遷都)와 『百練抄』·『玉葉』

이상의 선풍(旋風)과 같은 해인 治承 4년 6일, 아주 급하게

---

20) 前揭書, 玉葉, 第二, p.399

되어진 '후쿠와라 천도'는 '회오리바람'이 있은 후 약 1개월 후의 사건이다. '큰불'과 '회오리바람'에 이어 이 '천도' 또한 불가사의한 일의 하나로서 기술되어져 있다. 전자의 두 가지 사건이 단 하루에 종식되어진 데 반하여 이 '천도'는 6월에 시작되어 11월에 원복되어 질 때까지였기에 상당히 장기간에 걸친 사건이라 할 수 있다. 나아가 이는 천재가 아니고 인재로서 큰 사회적 파장을 일으킨 사건이라는 점 또한 전자의 두 가지 사건과는 다소 이질적인 것이었다. 그럼에도 《방장기》에 기술되어 있는 점으로 보아 규모의 크기라거나 초메이의 인식 정도에 있어서 결코 작은 사건이라고 볼 수는 없어 보인다. 그러므로 오대재해 중 이 '후쿠와라 천도'도 하나의 불가사의한 사건으로 삽입되어 있음은 ─ 인간의 폭정(暴政)에 의한 인재임에도 불구하고 ─ 인간으로서 면할 수 없는 재해라는 점에서 천재와 대등하게 취급되어 있다고 할 수 있다.

그것은 '천도'라는 것이 헤이안쿄에서 섭진국(攝津國) 지방의 후쿠와라로의 천도라는 점에서 초메이는 하나의 사건으로 간주한 것으로 보인다.

『百練抄』의 治承 4년 11월 17일 조에도

十七日, 五節, 於新都被行之, 大嘗會年不被行之, 但於新嘗祭者, 於古京神祇官被行之[21]

라고 기술되어 있다. 초메이가 직접 본 후쿠와라 신토(新都)의 지세(地勢)나 '인간과 주거'의 상황이 얼마나 헤이안쿄에서와 달리 비참하게 느꼈는지 알 수 있는 내용이라 하겠다.

　이어지는 『玉葉』에

　　三日甲申天晴, 源中納言雅賴來, 談世上事, 或人云, 遷都不可
　然云云付便脚, 送書於院女房, 及邦綱卿之許[22]

　또 『玉葉』에

　　廿六日申戌晴, (中略) 依先日之催, 欲參會鳥羽之處, (中略)
　去六月二日, 忽然而遷都於攝州福原之別業, 神不降福, 人皆稻
　禍, (中略) 關東鎭西之亂等是也[23]

　이상은 『玉葉』 治承 4年 6月 3일과 11월 26일의 기사이다. 특별한 이유도 없이 수도가 바뀐 적이 그 당시까지 없었기 때문에 사람들이 불안했던 것이다. 이 불안은 중세 동란기의 시대적인 불안이라 할 수 있다.

---

21) 前揭書, 百練抄, p.102
22) 前揭書, 玉葉, 第二, p.414
23) 上揭書, p.445

또 지쇼(治承) 4년 6월 무렵, 별안간 천도(遷都)가 이루어졌
다. 정말 뜻밖의 일이었다. 이 헤이안교가 수도로 세워진 시초
(始初)에 관해서 내가 듣기로는, 사가(嵯峨)천황의 대(代)에 이
곳이 너무도 안정된 곳이라서 도읍으로 정했다고 하는데, 그 뒤
로 이미 4백 년 넘는 세월이 흐르고 있다. 그러므로 특별한 이
유 없이 그렇게 쉽게 수도가 바뀌는 것은 있을 수 없는 일이었
기에, 이번의 천도에 대해 세상 사람들의 불안과 불평은 너무도
당연하다.

위 인용문은《방장기》제11단의 내용이다. 갑작스런 천도가
초메이의 눈에는 실로 뜻밖의 일이었다는 점을 기술한 것이다.

그런 참에 일이 생겨 세쓰(攝津)²⁴⁾라는 새로운 도읍에 가 봤
다. 그곳을 보니, 지형은 면적이 아주 좁고 시가의 구획도 불가
능하리만큼 좁았다. 북쪽은 산이 치솟아 있어 높고, 남쪽은 바
다와 가까워 낮았다. 파도 소리가 일년 내내 시끄럽고 바닷바람
이 세차기만 했다. 황거(皇居) 곧 천황이 살고 있는 거처는 산
속에 있기 때문에 옛날의 기노마로도노(木の丸殿)²⁵⁾라고 하는
것도 이렇게 형편없는 곳일까 하고 생각하면, 오히려 그렇게 세

---

24) 새로운 도읍지 '후쿠와라'의 또 다른 지명을 말한다.
25) 오늘날의 후쿠오카(福岡) 현(縣)의 아사쿠라쿤(朝倉郡) 아사쿠라쵸(朝倉町)
   야마다(山田)에 있었다는 사이메이(齊明)천황의 황거(皇居)를 말하는데, 동
   천황이 백제(百濟)에 원군을 보낼 때 통나무로 지었다는 데서 이름은 딴 것
   이라는 설이 일반적이다.

차게 불어대는 바람에도 무너지지 않는 게 용하다며 비아냥거
리고 싶을 정도였다.

이 인용문은《방장기》제13단의 내용이다. 초메이는 몸소 신
도읍지인 후쿠와라로 가 봤다. 지형은 매우 좁고 특히 바다와
가까웠다. 갑작스런 천도에 의해 나라는 떠들썩해지고 인심 또
한 불안해졌다.

4) 전국적인 대기근(大饑饉)과 『玉葉』

초메이의 재해에 관한 관점은 점점 고조되어 간다. 이번에는
養和 원년부터 2년이라는 장기간에 걸친 대기근에 관하여 묘
사하고 있다. 사회적 비참함이 도를 넘을 정도였다. 초메이의
27, 28세의 나이에 해당되는 이 대기근이라는 참사가 적나라
하게 나타나 있다. 인간의 기본적 욕구인 식욕(食慾)이 충족될
수 없음에 대해서도 기술되어 있다. 이렇게 되면 집을 버리고
금은재보(金銀財寶)까지 전부 버린 입장에서 먹지 못함으로써
목숨까지 내버려야 함은 실로 비참한 일이 아닐 수 없었던 것
이다.《방장기》제15단의 내용을 보자.

또 요와(養和) 무렵[26]의 일이었다고 생각되지만, 이미 오래 전의 일이라서 확실히 기억나지는 않는다. 하지만 2년 동안 세상 어디고 할 것 없이 심각한 기근이 생겼는데, 정말로 기막히게 참담한 사태에 이르고 말았다. 벼농사를 하기 위해 모내기를 해야 하는 봄과 여름에 극심한 가뭄이 있었는가 하면, 추수를 해야 할 가을에는 세찬 바람이나 큰 홍수가 있는 등 좋지 않은 일이 계속 되어서 농작물은 전혀 여물지 않았다. 봄에 경작하고 여름에 모를 심는 등의 뼈를 깎는 수고를 한다 해도, 가을에 벼를 베고 겨울에 거둬들이는 분주함 같은 것은 바랄 수 없었다.

이어지는 16단에서 초메이는

이 때문에 여러 지방의 농민들이 정든 토지를 버리거나 고향을 등지고 떠나고, 어떤 사람은 자기 집을 그대로 둔 채 산에 들어가 버렸다. 조정(朝廷)에서는 기도(祈禱)[27]를 시작으로 여러 가지 특별한 비법을 도모하지만 그 효험은 전혀 나타나지 않았다. 교토의 생활이란, 필요한 모든 것을 다른 데 의존하지 않고 오직 시골에 의존하고 있었는데, 시골에서 올라오는 물품은 뚝 끊어지고 말았다. 이렇게 되니, 평상시와 같은 체재를 유지할 수만은 없었다. 백성들은 하루라도 빨리 어떻게든 되지 않을까

---

26) 서기 1181년에서 이듬해까지를 말한다.
27) 밀교(密敎)에서 하는 수행법 등을 말하는데, 구체적으로는 그 해 겨울에 기우제(祈雨祭)를 위한 공작경법(孔雀經法) 같은 것을 썼다고 한다.

하는 기대를 하다가 지친 나머지, 온갖 재화나 보물을 손에 잡
히는 대로 내버리듯이 싸게 팔아서 근근히 생활을 이어가려 했
다. 그렇지만 눈길을 주는 사람이라고는 두 눈을 뜨고 봐도 없
었다. 간혹 식량과 교환하려는 사람이 있어도 재보나 돈은 가치
는 턱없이 떨어지고, 곡물(穀物)은 그 가치가 치솟는 형편이었
다. 거리에는 걸식자(乞食者)들로 가득했고, 불평하고 탄식하
는 소리가 여기저기서 들려왔다.

라는 내용이 실려 있다.

시골에서 올라오는 먹을 것이 끊어지자 재화나 보물을 싸게
팔아 정든 토지를 버리고 산중에 들어가는 사람이 생겨나기 시
작했고, 그렇지 않은 사람들은 식량을 구하기 위해 갖은 일을
다 했다. 치솟는 곡물의 가치에 걸식자가 늘고 죽어가는 사람
또한 생길 정도였다.

이처럼 헤아릴 수 없을 정도로 죽어가는 사람들을 보면서 또
사체가 부패되어가는 형상을 보고서 초메이는 현세에서의 무
상감을 크게 지녔던 것이다.

초메이는 기근과 역병 등으로 인하여 점차 곤궁해가는 서민
의 모습을 '메말라가는 물속 물고기'로 비유하기도 했다. 《방
장기》 제17단의 첫 부분을 보자.

첫 해는 이런 식으로 그럭저럭 지나가고 이듬해는 조금은 나
아지겠지 하고 기대했다. 그렇지만 그렇게 되기는커녕 기근에

다 유행성(流行性) 전염병(傳染病)까지 번져 더욱 비참해지고
결국은 혼란스러워지고 말았다. 세상 사람들이 모두 굶주림에
지쳐서 하루하루 날이 갈수록 절박한 상황에 빠지니, 비유하자
면《오조요슈(王生要集)》[28]에 적혀 있는 "메말라 가는 물속에
서 허우적거리는 물고기"[29]라는 표현과 같은 것이었다. 결국에
는 머리에 삿갓을 쓰고 다리에는 각반을 착용하는 정도로 간신
히 복장을 갖춘 사람들조차 꿈속에서 먹을 것을 구걸하러 집집
마다 돌아다녔다.

『玉葉』治承 5年 음력 2월 7일의 조를 보면 다음과 같은 내용
이 실려 있다.

閏二月七日, 癸大陰, 雨降, (中略) 經房朝臣傳仰, 旨云, 關東
逆亂之間, 依天下饑饉, 御祈不合期, 又兵粮已盡了[30]

이런 상황은 두말할 것도 없이《방장기》에 잘 나타나 있다.
제17단을 보자.

---

28) 겐신(源信)이라는 승려의 저서로, 염불을 하면 정토세계(淨土世界)에 갈 수
있다는 내용으로 이루어진 경서(經書)이다. 이 책은 당시 민중들에게 염불하
는 타력신앙을 하면 큰 효험이 있다는 영향을 주었다.
29) '소수지어(少水之魚)'라고 표현될 수 있는 구절이다. 이는 물이 점점 말라 감
으로써 물고기의 생명이 단축되어 가는 매우 절박한 상황을 비유한 것인데,
당시의 극심한 기근으로 인해 수많은 사람들이 거의 죽음에 이르고 있는 상
황을 보여준다.
30) 上揭書, p.486

　이와 같이 되어버린 부랑자들은 허기에 지친 나머지 비틀비틀 걸어가다가 갑자기 쓰러져 버리는 사람이 수없이 많았다. 흙담 옆이나 길가에서 굶어 죽는 사람의 수가 헤아릴 수 없을 정도였다. 그 시체를 치울 방법 또한 없었기 때문에, 그 부패하는 냄새가 교토 시내에 가득하였고, 썩어 가는 시신(屍身)의 모습을 눈뜨고는 볼 수 없었다. 교토 시내가 이런 지경이었으니, 하물며 가모가와 가장자리의 들판에는 온통 시체가 뒹굴고 있어 수레가 지나갈 틈도 없을 정도였다. 비천한 나무꾼들도 허기에 지쳐서, 힘없는 몸으로 땔감을 구해 교토 시내로 보내지 못했다. 그렇기 때문에, 교토 시내에는 식량뿐만 아니라 연료까지 부족한 상황에 이르고 말았다. 그 결과 남에게 의지할 친척 등 아는 사람이 없어 별 뾰쪽한 수가 없는 사람들은 자기가 살아온 집을 부수어서 장작을 만들어 시장에 내다 팔기도 했다. 그럼에도 한 사람이 가지고 나간 장작을 팔아 번 돈으로는 단 하루의 목숨을 이어가는 데도 모자랐다. 게다가 정말로 이상하고도 기막힌 일은, 장작 속에 붉은 도료(塗料)가 붙어 있고, 금박(金箔) 같은 것과 은박(銀箔) 같은 것이 나무토막에 군데군데 붙어 있는 모습이었다. 왜 그러냐고 물어 보아도 그밖에 어떤 일이 있었는지 모를 일이었다.

　당시 굶어 죽어가는 수많은 모습이 실려 있다. 이 상황은 실로 처참하기 이를 데 없었다.

　그것은 비단 인간이 피해만이 아니었다. 집은 물론 헤이안쿄

안에 연료가 부족하여 장작을 팔아 번 돈으로 하루의 목숨을 이어갔고, 불상을 훔치고 불구(佛具)까지 파괴한다는 행위까지 초메이는 실견한 것처럼 기술하고 있는 것이다.

5) 교토의 대지진(大地震)과 『百練抄』

다섯 번 째 불가사의한 재해인 교토의 대지진은 1185년(元曆2) 7월 9일부터 3개월에 걸친 여진(餘震)을 말한다. 초메이는 이 점을 《방장기》제21단에 잘 나타내고 있다.

　도시의 근교에서는 이쪽저쪽 할 것 없이 사찰의 법당이나 탑이 큰 피해를 입어 어느 곳 하나 온전한 것이 없었다. 어떤 집은 부서지고 또 다른 집은 쓰러져 버렸다. 그 때문에 먼지나 재가 뿌옇게 날아 마치 연기가 피어오르는 것 같았다. 대지가 흔들리고 가옥이 무너져 내리는 소리는 우레 소리나 다름없었다. 집안에 있으면 눈 깜짝할 사이도 없이 눌려버릴 것 같았다. 밖으로 뛰어 나가면 땅이 갈라져 쪼개지곤 했는데, 그렇다고 해서 날개가 없으니 하늘로 날아갈 수도 없었다. 용(龍)이라면 구름이라도 타겠지만 사람이니 그럴 수도 없었다. 무시무시한 것 중에서도 특히 두려워하지 않을 수 없었던 것이 바로 다름 아닌 지진임을 뼈저리게 느낄 수 있었다.

초메이가 경험한 진재(震災)의 참상이 주로 인간의 죽음, 대지의 흔들리고 갈라짐, 가옥의 파괴 등에 과하여 묘사되어 있다. 그 중에서도 집에 관한 내용으로는 사찰 건물을 비롯하여 민가의 부서지는 모양새를 실견하듯 그리고 있다. 나아가 사람이 자신의 집에 들어갈 수 없는 점을 용이 구름을 타듯 하늘로 날아가고 싶을 정도의 비참함으로 나타내고 있는 것이다. 이것이 바로 지진의 결과라는 듯이. 실로 자연의 경이로움 속에 집의 무력함과 인간의 무상함은 실로 크기만 했던 것이다.

《방장기》제22단의 내용을 살펴보자. 세찬 흔들림 후에도 계속된 여진이 계속되었다는 점을 제시하고 있다. 대지진은 말할 것도 없고 3개월 정도의 기간 동안 여진이 계속되었고, 그 여진이 있는 날은 하루에도 서너 번이나 연이어 있었던던 것이다. 이런 점을 보면 1995년 1월의 간사이(關西) 대지진과 2011년 3월의 동일본(東日本)대지진의 처참함과 종이 한 장 정도의 차이가 있을 뿐이다. 또한 그로 인해 인간이 놀라지 않을 수 없음과 사람의 주변의 손실이 크고, 나아가서는 인간의 목숨이 하루아침에 사라지는 형상이 실로 크기만 했다.

이처럼 세차게 흔들리는 것은 잠시 후에 그쳤지만, 여진(餘震)이 자주 발생하는 게 예사롭지 않았다. 보통 때라면 그것만으로도 깜짝 놀랄 정도의 여진이 하루에도 이삼십 번 가까이 없는 날이 없었다. 그러나 그것도 열흘이 지나고 스무날이 지나고 나니 간격이 겨우 뜸해져서 어떤 날은 네댓 번, 또 어떤 날은 두 세 번, 어떤 날은 하루걸러 한 번, 어떤 날은 이틀 사흘 만에 한 번 꼴로 계속되어 무려 석 달 동안이나 그 여진은 계속되었다.

『百練抄』의 元曆 2년 7월 9일 조의 기사를 보면 다음과 같다.

　　七月九日庚寅 午時大地震, 其聲如雷, 震動之間, 已逶時刻, 其後連連不絶, 宮城垣幷京中民屋, 或破損, 或顚倒, 一所而不全, 就中大內日花門[31]

라고 기술되어 있다. 이는 지금까지의 것보다 이번 지진이 더욱 심했다는 점과 결코 헤아릴 수 없을 정도의 지진이어서 그 소리가 우레와 같고 파손되거나 전도된 내역 또한 형용할 수 없을 정도라는 점이 내포되어 있다. 지진을 접한 인심의 동요가 어떠했는가를 실감하기 때문에 이 또한 불가사의 할 정도였던 것이다.《방장기》제23단의 내용을 살펴보자.

　　옛날 사이코(齊衡) 무렵[32]의 일이었던가? 대지진이 일어나 도다이지(東大寺)[33]에 있던 대불(大佛)의 머리가 떨어지는 등 매우 심각한 일이 있었다고 하지만, 그것조차도 이번 지진에는

미치지 못했다. 당장은 사람들이 어차피 저마다 허망함을 이야
기하며, 얼마 동안은 세상살이 등에 아무 흥미를 갖지 않은 채
덧없음을 말하고 번뇌가 조금씩 엷어지는 듯하더니, 날이 가고
달이 가고 해가 지날수록 대지진으로 인하여 이 세상이 허무하
다고 탄식(歎息)하는 사람은 차츰 줄어들었다.

이 인용문에서 초메이는 옛날의 사건과 당시의 지진을 비교
하고 있다. 정말이지 도다이지(東大寺) 불상의 대부분이 떨어
져 나갔음은 옛날의 지진과는 대비할 수 없을 정도의 것이었다
고 해석된다. 이렇게 크나큰 재화(災禍) 후 세월이 흐르고 나
면 세상과 인간의 무상함마저 잊고 만다는 재화의 망각(忘却)
과 함께 태연해 가는 인간성의 위약함과 무자각함까지 지적하
고 있다. 이는 초메이가 얼마나 '지진(地震)=재화(災禍)=불가
사의 한 일'임을 실감하면서 역사적 사실 표현을 위해 아낌없
이 시간을 투자했는지 증명해 준다.

결 어

　이상과 같이 초메이가 지난 40여 년을 아쉬운 듯이 회고해
보면서 기술한《방장기》가운데 '오대재해'의 기사와 당시의 사
서인『百練抄』·『玉葉』등의 관계를 비교, 검토해 보았다. 그
결과, 여러 가지 사료에 바탕한 오대재해 기사야말로 하나의
단순한 서술이라기보다는 실제의 역사를 기록한 진귀한 사서
라고 인식할 수 있게 되었다. 다시 말하자면, 이상의 오대재해
의 사건을 선취(選取)함으로써 초메이는 그 나름의 역사를 한
페이지 씩 기록해 간 게 아닌가 생각된다.
　오대재해에 대한 묘사야말로 초메이에 있어서는 격동에 찬
역사의 증언(證言)인 셈이다. 그 만큼 초메이는 이 오대재해
가 일어났던 9년 동안의 세상(世相)의 변화를 40여 년이나 지
난 후 뭔가 메모 내용을 사료에 바탕하여 기술했다는 점을 거

듭 인지하게 된다. 그것은, 아무리 초메이가 실견하였고 체험한 것이라 할지라도 뭔가 메모나 사료를 참고하지 아니하고는 인간으로서 기억력의 한계가 있을 뿐 아니라 어느 누구도 《방장기》의 내용만큼 상세하게 서술해 나갈 수 없어 보이기 때문이다.

그런 만큼 필자가 전술한 내용 가운데 사료인 『百練抄』·『玉葉』 등을 비교·고찰할 수 있었음은 그나마 하나의 문학적 수확(收穫)이어서 다행스러운 일이라고 생각된다. 결국 초메이가 다섯 가지의 불가사의한 재해에 대하여 집필한 《방장기》의 오대재해 내용은 틀림없는 사실로 증명된 셈이다. 나아가 오대재해의 '불가사의함'과 '무상함'을 역설한 것도, 적어도 초메이에 있어서 만큼은 자증적(自證的)인 확실성이 있는 자리메김이 가능하다고 인지할 수 있다.

제3부

가모노 초메이의 와카(和歌)

들어가는 말

    일본 중세문학 가운데 은자문학(隱者文學)의 대가이며《방장기》의 저자로 널리 알려진 초메이는 1155년 유서 깊은 신관의 아들로 태어나, '와카(和歌)'와 비파(琵琶) 등 예술의 길을 걸었던 가마쿠라(鎌倉)시대의 문예인이다.

    초메이의 사후 8백여 년의 세월이 경과하고 있는 오늘날에도 그의《방장기》는 물론이고 현존하는 초메이의 대표적인 '와카'가 적잖은 사람들의 가슴에 깊은 감명을 주고 있다는 사실은 그의 사상 속의 중심적인 축이라 할 수 있는 자연관을 고찰하는데 있어서 결정적인 이유가 될 수 있다고 해도 좋다고 본다.

    흔히 선행연구자들의 표현에 의하면 가모노 초메이의 매력에 대하여《방장기》의 무상감이 가장 대표적이라고 일컬어지는 바, 이에 대해서는 어느 누구도 부정하려 않는 입장이다.

그러나 또 다른 관점에서의 것이라면, 전술한 바와 같이 예술의 길을 걸으려 했던 마음, 즉 자신의 강점이야말로 '와카'와 비파 등에 관한 일에 있다고 확신한 점이다. 이 같은 마음가짐이 곧 "예술"이라는 한 길을 걷지 않으면 안될 것으로 생각하다가 일생을 마감한 '가진(歌人)'으로서의 삶 속에 있다고 할 수 있다. 다시 말하면, 현존하는 '와카' 속에 묻어나는 이른 바 '자연관'에 있다고 할 것이다.

따라서 본서의 필자는, 초메이의 매력 중의 하나인 자연관을 초암(草庵)문학자인 초메이의 대표적인 '와카'를 통해 발견, '가진'으로서의 적지 않은 그의 위치를 드러내고자 한다. 아울러 초메이의 매력을 찾아가는데 있어서 빼놓을 수 없는 문학적(文學的) 장르라면 '와카' 분야이므로 그의 '와카'에 잠겨 있는 '자연관'에 대해 고찰해 보고자 한다.

그러기 위해서는 먼저 더욱 자세하게 원저자인 가모노 초메이(鴨長明)에 대한 설명이 뒷받침되어야 한다는 판단 아래, 그에 대한 보다 구체적인 설명을 해 두고 싶다.

초메이의 가문(家門)은 가모샤(鴨社)를 중심으로 하여 내려온 대대의 가식(家職)으로 삼아온 혈통(血統)을 지니고 있었고, 같은 가모씨(鴨氏)라도 다른 집안에 비하여 초메이의 직계는 그다지 높지 않았던 것 같다. 본래「かもの ちょうめい(가모노 초메이)」라고 불리는 표현은 음독(音讀)으로 읽는 표현이고, 그의 이름을 보다 정확하게 읽는 법은「かものながあきら

(가모노 나가아키라)」이며, 통칭은 「기쿠다이후, きくたいふ
(菊大夫)」라고 한다.

　그의 가족관계에 대해서는 직계에 대한 선행연구가 있어 제
시하기가 가능하지만, 직계 중에서도 모친(母親)에 대한 근거
가 아직도 불명(不明)이어서 아쉬움이 결코 작지 않다. 그러나
그에게는 나가모리(長守)라는 형(兄)이 있다는 자료는 있다.
그러면 여기에서 초메이의 가문에 대한 가계도(家系図) 중 필
요한 부분만을 기록해 보고자 한다.

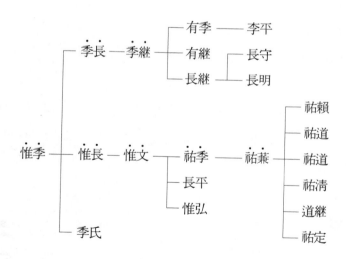

※ '방점'은 시모가모(下鴨)신사(神社)의 「네기(ねぎ,禰宜)」
　를 임명받았던 자를 가리키며, 그 취임(就任)의 순서대로
　살펴보면

〈… 季継 →惟文 → 長継 → 祐季 → 祐兼 → 祐綱 → 祐頼 … 〉
의 순이 된다.

이상과 같은 가문에 출생하여 1216년(建保 4년)에 세상을
떠난 초메이의 62년 동안의 생애를, 초메이와 그의 작품에 관
한 연구의 권위자인 야나세 카즈오(簗瀨一雄)씨는 다음과 같
이 4 가지의 시기로 구분한다.

　제1기 성장기(第一期　生いたち)
　제2기 청년시대(第二期　靑年時代)
　제3기 가진시대(第三期　歌人時代)
　제4기 은둔시대(第四期　隱遁時代)[1]

또한 야스라오카 코사쿠(安良岡康作)씨는 다음과 같이 3 개
의 시기로 분류한다.(괄호 안의 숫자는 초메이의 당시 연령을
가리킨다.)

　제1기　교양기(敎養期)
　　　久壽　二年(1) ~ 建久　二年(37)
　제2기　가단적 활동기(歌端的　活動期)
　　　建久　二年(37) ~ 元久　元年(50)

---

1) 簗瀨一雄, 鴨長明の新研究, 風間書房, 昭37, p.1

제3기 둔세기(遁世期)

元久 元年(50) ～ 建保 四年(62)[2]

이상과 같이 초메이에 대한 시대구분은 주장하는 논자들에
따라 다르다. 이상에서 밝힌 두 사람의 구분방법을 비교하면,
전자 쪽이 초메이의 '가진(歌人)' 이전의 시기를 둘로 나누고
있다는 점만이 다를 뿐이고 대동소이하다고 할 수 있다.

앞에서 밝힌 바와 같이 초메이의 생애를 중심으로 하는 시대
구분은 주장하는 논자들에 따라 다르다. 따라서 이른바 '가진
(歌人)시대'인 가단적(歌壇的) 활동기에 해당되는 부분을 집중
적으로 다뤄보기로 한다.

우선 그가 본격적으로 가단(歌壇)에서 활동을 시작하기 이전
의 배경을 고찰해 보기로 한다.

그는 생애에 두 번의 큰 좌절(挫折)을 맛보게 되는 바, 하나
는 부친의 갑작스런 죽음이고, 또 하나는 시모가모신사의 '네
기'가 될 수 없었던 일이다.

첫 번째 좌절은 의외로 빨리 닥쳐왔다. 1172년(承安 2)이라
추정되지만, 부친의 나이가 불과 37세에 세상을 떠난 것이다.
그 때 초메이는 18세에 불과했다.

그의 자선적인 '와카슈(和歌集)'인 『가모노초메이슈』[3]에 다

---

2) 安良岡康作, 方丈記全注, 講談社, 1990, p.237-247
3) 성립에 대해서는 養和元年(1181)의 성립설이 유력하고, 초메이 20대 후반에

음과 같은 '고토바가키'(詞書)를 붙인 '와카'가 있다.

> 父, 身まかりてあくる年
> 花をみてよめる
> 春しあれば今年も花は咲きにけり
> 散るを惜しみし人はいづらは

　이 '와카'는 〈「봄(春)」이라는 계절(季節)이 매년 찾아옴은 당연한 일이라 하지만, 아아!　작년에 벚꽃이 지는 것을 애석하게 의미 짓고 있는 사람은 이젠 이 세상에는 없다. 어디로 떠나가셨을까?〉라는 가의(歌意)를 지니고 있음은 앞에서도 기술한 바 있다.

　꽃을 보고 병사한 아버지를 그리워하는 노래라서 부친에 대한 죽음을 애도하는 마음을 읽을 수 있다.

　부친을 여읜 뒤 초메이는 처음으로 세상의 현실이라는 두터운 냉혹(冷酷)함을 체험하게 되지만, 그 후의 운명은 어둠 속으로 빠져 결국 '네기'에 취임할 수 없게 되자 절망적인 기분에 사로잡힌다. 이런 과정 속에서 그는 예술의 길에 뛰어들 수밖에 없었고, 그 예술이란 곧 다름 아닌 '와카'와 비파의 세계임은 두말할 것이 없다.

이르기까지의 作을 自撰한 것이다.

초메이가 '와카'의 세계에 입문한 것은 '신코킨카진(新古今歌人)'중 한 사람인 쇼묘(勝命)[4]와 당시의 유명한 가진이었던 슌에(俊惠)[5]에 의한 것이었다 할 수 있다. 이 중 초메이가 쇼묘에게 '와카'의 지도를 받은 점에 대해서는《무묘쇼(無名抄)》의「晴の歌は人に見すべき事」라는 조(條)에 의해 알려진 일이다. 그리고 쇼묘와 정식으로 사제관계를 맺게 된 것은 1183년(壽永 2) 4월 이후의 일이어서, 당시 쇼묘는 71세, 초메이는 29세 무렵으로 추정된다. 초메이가 입문한 쇼묘의 '기타시라카와(北白川) 저택'은 '가린엥(歌林苑)'이라 불렸고, 많은 가진들의 출입이 잦았던 곳이다. 그러나 슌에는 애당초 '도다이지(東大寺)'의 승려였고 은퇴 후에는 '기타시라카와(北白川)'에 틀어박혀 살았던 것이다.

한편 초메이는 그 이전에 이미 '기쿠아와세(菊合)'[6]라는 '우타아와세(歌合)'에 출석했다. 그의 나이 22, 23세 무렵이었지만 부친 사후 곧 바로의 일이었고, 그 후에도 그는 수많은 우타아와세·우타카이(歌會)에 부름을 받고 나갔다고 추측된다. 이 추측은 그들에 대한 자료가 거의 현존하지 않기 때문이다.

---

4) 天永3년(1112)~沒年未詳. 俗名 親重, 俊惠·長明와 교섭이 있으며, 假名序를 썼다고 전해진다.(古今書聞集)
5) 永久元年(1113)~沒年未詳. 源俊賴의 子. 父 俊賴와는 17세때 死別.「歌苑抄」등의 私撰集도 편찬했다고 하나 현존하지 않는다. 歌論은 弟子인 鴨長明의『無名抄』에 의해 전해진다.
6) 菊花의 우열을 경쟁하여 승자를 결정하는 유회.

그럼에도 불구하고 그는 가진으로서 비교적 높은 평가를 받았다. 물론 그 평가를 뒷받침해주는 것은 그가 남긴 '와카'의 질과 양이다.

104 수의 와카가 수록되어 있는《가모노초메이슈(鴨長明集)》는 1181년(養和 元) 그의 나이 27세에 이르기까지의 와카를 자찬(自撰)한 것이며 춘(春)·(하)夏·추(秋)·동(冬)·연(戀)·잡(雜)으로 분류되어 있다. 그 중에서도「잡」중에는

おく山のまさきのかづらくりかへしゆふともたえじ絶えぬ
なげきは [7]

등의 11수의 와카는 특히 주목할 만하다 그것은 이 와카의「述懷のこころを」라 제목이 붙은 일련이야말로 초메이의 비탄과 염세와 실망의 소리가 꽤 명확한데, 이 점이 오히려 타인을 감동시키기 때문이다.

다음으로 1182년(壽永 元)의《月詣和歌集(츠키모우데와카슈)》[8]에는 슌세이(俊成)의 29수, 승에의 25수를 비롯하여 西行·實定·顯昭·重保 등의 작품과 더불어 초메이가 지은 4수가 실려 있고, 1186년(文治 二)에는 이세진구(伊勢神宮)를 참배, 그 인상을 기록한 이세키(伊勢記)를 저술하고 있다. 이는 30대

---

7) 簗瀨一雄校註, 鴨長明全集(上),「鴨長明集」, 富山房, 昭 15, p. 15
8) 賀茂重保가 撰集한 私撰集

의 초메이에 대하여 알게 해주는 문헌으로서는, 초메이의 33
세에 해당되는 1187년(文治 三) 9월에 슌세이에 의해 찬진(撰
進)된《센자이와카슈(千載和歌集)》이다. 여기에 초메이의 와
카가 1수 들어 있다.

　　隔海路戀といへる心を詠める
　　思ひ余りうち寝る宵の幻も波路を分けて行き通ひけり [9]
　　〈戀歌五・九三三〉

　동(同) 쵹센슈(勅撰集) 제15권의 1수가 바로 그것이다. 입
집(入集)되던 당시 초메이의 기쁨은 매우 커서, 비록 1수뿐이
라고 해도 그 자체만의 감격을 비파의 스승인 나카하라 아리야
스(中原有安)의 말을 빌려 철한《무묘슈》의「千載集に予が歌
一首入る事」의 조에서는 다음과 같이 표현하고 있다.

　　千載集に予が歌一首入れり。「させる重代にもあらず, よみ口
　にもあらず.
　　又時にとりて人に許されたる好士にもあらず. しかるを一首
　にても入れる
　　はいみじき面目なり」と悦び侍りしを. [10]

――――――――――

9) 久保田淳・松野陽一校注, 千載和歌集, 笠間書院, 昭 52, p. 204
10) 高橋和彦, 無名抄全解, 雙文社出版, 1989, p. 47

당시 초메이의 심정을 그대로 나타내고 있다고 하겠다. 당시 대단한 평가를 받고 있지 않던 가진들이, 초메이보다도 많이 입집해 있는데 비하여, 단지 1수라도 실리게 된 것을 기뻐한 것은 그의 겸손한 표현이다. 이 같은 미덕을 듣고, 아리야스는 「いみじきこと也」[11]라 칭찬했다고 한다. 단,《무묘슈》에는, 성립과정에 크게 관여하는 듯한 이본(異本)은 지적되어 있지 않다.[12] 제본(諸本)을 비교하자면, 몇 개의 계통으로 분류할 수 있다. 그러나, 여기에서는 그 계통은 생략하기로 한다.

와카 외에 초메이가 전심(專心)을 기울인 것은 비파 등 음악(音樂)의 길이었다. 그가 비파를 배운 것은 아리야스로부터였다. 아리야스는 民部太夫 · 飛彈守 · 筑前守 등을 역임하고 1194년(建久 五)에 라쿠쇼(樂所)가 새로 생기자 궁중에서 음악 분야에서 최고의 지위에 오른 인물이다. 그러나 초메이가 이 아리야스를 사사하게 된 시기는 확실하지는 않지만, 도미쿠라 토쿠지로(富倉德次郎)씨는 초메이의 30대의 일이라고 추측하고 있다.[13]

단,《무묘슈》의 「歌仙を立つべからざるの由教訓の事」의 條를 보면 아리야스가 초메이를 훈계한 말이 있는 바, 그것은 다음과 같다.

---

11) 簗瀬一雄, 鴨長明の研究, 加藤中道館, 昭 55, p. 64 參照.
12) 目下華子, 『鴨長明研究 — 表現の基層へ』, 2015, 勉誠出版, p.92 참조.
13) 富倉德次郎, 鴨長明, 昭 17, p. 76 參照

そこ達などは,重代の家に生れて早くみなし子になれり.人こ
そ用ずとも,心ばかりは思ふ所ありて,身を立てんと骨張るべき
なり.[14]

한편, 비파를 중심으로 한 음악은 당시에는 귀족의 교양에 해
당되는 것이었다. 따라서 초메이처럼 신관(神官)의 집에서 태
어난 자로서는 당연히 배워야 하는 것이었다. 그 후 더욱 비파
의 길에 열정을 쏟았던 초메이는, 가모(賀茂) 지역에서 음악가
들이 각자 비곡(秘曲)을 공개하려는 음악회를 주최하고 감격
한 나머지, 아직 전수받지 않은 곡을 연주함으로써, 소위 「秘曲
づくし事件」[15]을 야기시켰다. 이것은 초메이가 아리야스로부
터 비파의 비곡 중 '양진조(楊眞操)'까지 전수 받았지만, 다른
기관에 아직 허락 받기 전에 아리야스가 사망해 버린 데서 비
롯된 것이다. 아직 전수 받지 않은 비곡인 다쿠보쿠(啄木)를 수
편이나 연주한 사건을 야기시켰던 것이다.

　당시 가단에는 미전수의 비곡을 연주하는 것은, 예술의 문제
와는 전혀 다른 차원의 것으로서 악인으로서의 격식이나 질서
를 파괴하는 부당 행위로 취급되었기 때문이었다. 이 사건도
결국, 초메이가 훗날 출가하지 않으면 아니 될 동기가 된 것은
어쩌면 당연한 일이라 할 수 있다.

---

14) 高橋和彦, 前揭書, p. 50.
15) 水原一, 方丈記全釋, 加藤中道館, 昭 50, p. 9

그러면, 초메이의 본격적인 가진 시대를 고찰해보자.

1191년(建久 2)인 초메이의 37세 무렵부터 1204년(元久 元)인 그의 나이 50세에 출가하기 전까지를 사실상 가단적 활동기라고 할 수 있다. 그는 이 기간에 가진으로서 점차 인정받아 수많은 우타아와세(歌合)에 참가하는 바, 특히 와카도코로(和歌所)의 요리우토(寄人)가 된 것은 그의 궁정가단(宮廷歌壇)에 있어서 높은 지위를 나타낸 것이라 할 수 있다.

그 중에서도 1200년(正治 2) 그의 나이 46세시부터 1203년(建仁 2) 49세시까지는 매년 궁정 내외의 많은 우타아와세·우타카이에 출석한 결과, 이른바 가단에 있어서 활약이 고조되었던 것이다.

이 무렵, 고도바잉(後鳥羽院)의 명령에 의해 당시 대표적인 가진으로부터 햐쿠슈카(百首歌) 우타카이가 있었다. 작자는 고도바잉(後鳥羽院)을 비롯, 藤原良経·同俊成·同定家·同季経·同家降·慈圓·寂蓮 등 23명인데, 이를 '초도 백수(初度百首)'라고 한다. 이어 계속된 또 하나의 햐쿠슈카 우타카이가 있었던 바, 작자는 藤原雅経·源家長·鴨長明·宮內卿·慈圓 등 11명으로 이를 '제2번 백수(第二度百首)'라고 한다. 그러므로 초메이는 이 1200년 제2번 백수의 작자로 선발될 정도로 유명한 가진이었다.

그렇기 때문인지 1201년(建仁 元) 7월 27일, 고도바잉의 와카도코로가(和歌所)가 다시 생겨남에 따라 초메이는 영예(榮

譽)있는 요리우토로 선발되었다. 그에게 있어서는 획기적인 일
이었다. 와카도코로란 와카의 흥융(興隆)을 꾀하며 촉센슈(勅
撰集) 편찬을 관장하는 곳이었다. 이에 감격한 초메이는 아침
저녁으로 와카도코로에 찾아와 주야를 벗 삼아 정근(精勤)함
으로써 고도바잉의 눈에 들게 되었다. 실로 1200년 이후의 수
년간은 궁정 관계의 우타아와세 · 우타카이 등에도 출석 가능
하게 됨에 가진으로서 널리 알려졌고 다채롭게 활동하게 되니,
과연 당시 유명 가진의 확고부동한 지위를 구축한 시기였던 것
이다.

그럼에도 불구하고 초메이는 1161년(応保 元) 10월 17일, 7
세대 궁중의 서작(敍爵)으로 종오위(從五位)에 오른 후 거의
승진이 불가능했던 것이다. 따라서 그는 지위나 신분을 중히
여기는 궁정 가단에 있어서 이같이 취급받게 됨은 당시로서는
할 수 없는 일이었던 것이다. 그 때문에 그는 때로 떳떳하지 못
한 생각을 저버릴 수가 없었을 것이다. 이 같은 심정과 정진하
는 태도에 대하여《무묘슈》의 「會の歌に姿分つ事」의 조에

御所に朝夕候ひし比,常にも似ず珍しき御會ありき.[16](後略)

라고 기술되어 있다.

이처럼 인생의 곡절 없이 곧바르게만 나아가면, 초메이의 삶

---

16) 高橋和彦, 前揭書, p. 186

은 와카 하나만을 종사해가는 순조로운 발전이 있었을 것이다. 그렇지만, 그 후 그의 인생에 청천벽력(靑天霹靂)이라 할 수 있는 큰 사건이 생긴 것이다. 그것은 두 말할 것도 없이, 이른바 「河合社のね宜事件」이다.

이는 초메이에 있어서는 그가 경험한 두 번 째의 좌절이었다. 그것은 가진에 임명된 훨씬 후의 일이지만, 초메이가 전부터 희망하고 있던 가모샤(鴨社)의 섭사(攝社)인 가와이샤(河合社)의 네기가 되는 일이야말로, 고도바잉 즉, 상황(上皇)의 생각에 의해 실현되어지려는 것이었다. 그러나 당시의 총관(摠官)인 祐兼의 반대에 의해 그 장남인 祐賴가 뒤를 잇게 되었다. 이 때문에 초메이는 '네기'가 될 수 없었던 것이다. 물론 그 이유는, 초메이가 와카에만 열의를 갖고 있는 것은 적합하지 못한 일이며, 이는 관례에 의하면 쇼네기(正禰宜)의 아들이 그 뒤를 잇는 것이 관습처럼 되어 있었기 때문이었다.

한편, 고도바잉은 가모샤(鴨社)를 간샤(官社)로 승격시켜 다시금 그 '네기'에 초메이를 취임하게 하려 했지만, 그는 출가해 버렸던 것이다.

이 정략적이라고도 할 수 있는 사건이 초메이의 생활방식에 치명적인 타격을 주었던 것이다. 그것은 주자(姝子)내친왕의 은애(恩愛)가 있었고, 아버지가 사망한 후에도 친부모처럼 도와주었다고 말해도 될 정도로 아리야스나 슴에가 돌봐주고 이끌어 주었기 때문에 그 타격은 훨씬 컸던 것이다.

그리하여 초메이는 1204년(元久 元) 50세 되던 봄에 오하라
(大原)[17]에 출가둔세(出家遁世)하여 은둔(隱遁) 생활을 시작한
것이다. 물론, 그 이유는 아버지의 죽음과 비파의 비곡(悲曲)
「다쿠보쿠(啄木)」를 연주하여 藤原孝道의 지탄(指彈)을 받은
충격 등 숨은 고뇌와 통한이 많았지만 「河合社ね宜事件」의 실
패가 출가둔세의 주요 동기가 된 것이다.

이상과 같이 초메이의 개인적인 인간관계나 사고방식 등 여
러 가지 경위가 있었지만, 다른 사회적인 배경에도 그가 출가
하게 된 요인이 있었다. 그것은 치열한 겐페이갓센(原平合戰)
으로 보이는 무가(武家) 사회의 부화(不和)한 분위기였으며,
교토(京都) 지역을 엄습한 큰불·회오리바람·천도·기근·
대지진 등 5 가지 재해에 대한 공포가 계속되었기 때문이었다.
이들 제 사건이 초메이를 허무한 인생관으로 이끌게 하고 끝내
는 그에게 무상감을 안겨준 것이다.

---

17) 이 大原에 대해서는 두 가지 학설이 있다. 하나는 京都左京區八瀬의 大原이
고 다른 하나는 京都右京區의 大原이나, 水原一씨는 前者쪽을 주장하고 있
다. (水原一, 前揭書 p. 118참조.)

가모노 초메이의 자연관(自然觀)

1) 현존하는 초메이의 '와카(和歌)'

1200년(正治 2) 초메이의 나이 46세 때, 고도바잉 '제2번 백수'의 작자로 선발된 초메이는, 이듬해인 1201년(建仁 元) 8, 9월에 요리오토로 발탁되었다. 그로부터 수년간 그는 궁정 관계의 우타아와세·우타카이 등에도 출석 가능해짐은 물론, 가진으로서의 확실한 지보(地步)를 쌓아나갔다. 그 당시에 있어서 그의 명성은 오로지 궁정 가단에 있어서 유력한 가진으로서 계속되었던 것이다.

고도바잉을 중심으로 한 당시의 가단은, 그의 자유스럽고 관대한 예술가풍의 기분에 의해 좌우되어질 정도로 강했었고, 그의 예술적 재능은 당대 발군이었다. 이에 대해서는《메쓰케이

키(明月記)》의 正治 2년 10월 1일의 조에 잘 나타나 있는바, 이를 보면

　　一日,天晴,(中略) 俄而以宗長有召,可參小御所云云,遙御參入,參御眼前灯下,宰相中將,節光朝臣,雅経等伺候,仰云,カル所へ參入,所存無憚可申,不申者無其詮,以汝所爲聞召,故今夜可被召老者,目眩轉心迷, 但依恐具申所存了[18].(後略)

라고 되어 있다. 또한 같은 책의 建仁 원년 3월 28일의 조에는

　　二十八日,天晴,(中略) 今日被撰左右知歌,申時許出御,依仰各撰方歌,左方於弘御所之簾中下簾,被撰云云,(中略)自余多少各入,權大納言兼宗中納言等漏其中,仰云,作者各一首必可入,可出御製,巨多見苦事也,人人申不可然由,重評定,良久諍申,遂御定了,被撰定州六首[19].(後略)

라는 기사(記事)가 있다. 이상의 기사에는 고도바잉의 예술에 대한 깊은 이해와 타인에 대한 배려가 엿보인다.

　이상은 초메이가 고도바잉의 가단에 있어서 어떤 위치를 얻고 있었는가를 각종 단면으로부터 살펴 본 것이다. 그러나, 그

---

18) 藤原定家, 明月記(第一), 國書刊行會, 昭 60, p. 157
19) 前揭書, p. 204

의 촉센슈에 수록된 와카의 수량에 있어서 센자이와카슈(千載和歌集)에 단지 1수만이 채택된 것에 반하여 고도바잉 가단의 제일가는 사명이 신고킹와카슈(新古今和歌集)의 찬집이었던 당시의 신고킹슈에는 한층 많은 10수나 채택되었던 것이다. 이는 물론 양집의 가풍(歌風)의 차이와 초메이의 가풍과의 관계로 말미암은 결과를 가져온 것은 물론이다. 그러나 당시 고도바잉 가단의 분위기 등 사회적 조건의 영향도 있었을 것이다.[20] 이 사회적 조건이라는 것에는 신고킹슈의 찬자 중 한 사람이었던 雅経의 힘이라는 큰 배경이 있었던 것은 부정할 수 없는 일이다.

이처럼 초메이의 와카가 10수나 채택되고 있는 신고킹와카슈야말로 촉센슈 중에서 가장 다수임 또한 두 말할 것도 없다.

그러면, 현존하고 있는 초메이의 와카 전반에 대하여 고찰해 보기로 하자.

우선 그의 와카 중에서 촉센슈에 채택된 것부터 살펴보자.

초메이의 와카가 촉센슈에 실려 있는 것은 센자이슈를 비롯하여 12집에 25수가 있다. 이를 집별로 기술해 보면 다음과 같다.

    1) 千載集   一首
    2) 新古今集   一首

---

20) 前揭書, 鴨長明の研究, p. 447 参照

3) 續古今集　　　　二首

4) 續拾遺集　　　　一首

5) 新後撰集　　　　二首

6) 玉葉集　　　　　一首

7) 續後拾遺集　　　一首

8) 風雅集　　　　　二首

9) 新千載集　　　　一首

10) 新拾遺集　　　　一首

11) 新後拾遺集　　　一首

12) 新續古今集　　　二首 [21]

　이상과 같은 촉센슈의 25수 이외에도 야나세 카즈오(簗瀬一雄) 씨가 조사한 연구 성과에 의하면《가모노초메이슈》와 正治 2번 백수 와카에 있는 203수를 비롯, 우타아와세·우타카이의 와카, 이세이키의 와카 등을 모으면 상당히 많은 초메이의 와카가 현존하는 셈이다. 물론 이중에는 가사(歌詞)의 일부를 뺀 불완전한 와카나 모두 손실되어진 결가(欠歌；그 경우 詠出한 적이 있다고 판명되어 있는 것)가 있고, 그 밖에도 쓰쿠바슈(兔玖波集) 소재의 렝카(連歌) 4수와 夫木抄 소재의 초카(長歌)에 1수도 포함되어 있다.[22] 그러나 그의 와카를 헤아릴 때 連歌와

21) 谷山茂, 新古今集とその歌人(谷山茂著作集五)角川書店, 昭 58, pp. 146, 147
22) 前揭書, 鴨長明全集(上), pp. 13, 14, 64 參照.

長歌는 일반적으로 포함되지 않다. 이들을 종합 정리하여 기술해 보면 다음과 같다.

一.	鴨長明集	一 四首
二.	正治二年第二度百首和歌	九九首
三.	歌合·歌會の歌	四四首
四.	伊勢記	三三首
五.	夫木和歌抄所載の歌	四一首
六.	私撰和歌集所載の歌	計 一九首
（イ）	月詣集	四首
（ロ）	拾遺風体集	七首
（ハ）	玄玉集	二首
（ニ）	雪葉集	一首
（ホ）	万代集	五首
七.	其の他	計 五二首
（イ）	無名抄	一二首
（ロ）	十訓抄	二首
（ハ）	源家長日記	六首
（ニ）	續歌仙落書	六首
（ホ）	東鑑	一首
（ヘ）	歌枕名寄	十九首

（外に連歌一首）[23]

---

23) 上揭書, pp. 14~16, 參照.

이상의 초메이의 와카를 모두 헤아려보면 419수라는 통계가 되지만, 419수라고 함은 같은 와카가 전후의 항목에 중복되는 것까지 포함되어 있으므로, 실제로 그의 현존하는 와카의 수는 훨씬 적어지는 셈이다.

이에 대하여 야나세 카즈오 씨가 조사하여 밝힌 바에 의하면, 현존하는 초메이의 와카는 총 329수이다.[24] 결국 오늘날까지 밝혀진 연구업적에 의하면 현존하는 그의 와카는 329수라고 할 수 있다.

2) 초메이의 자연적(自然的) 제재(題材) '바람(風)'

은둔과 초암의 문학인으로서의 초메이는 자연의 미감(美感)이나 무상감 내지 정취를 느끼고 출가를 감행한 사람이다. 초메이의 출가에는 다소나마 종교적 발상이 엿보인다. 그러므로 초메이를 대자연(大自然)을 통하여 우주만물의 생명력을 느끼고 그에 따라 자신의 생명을 한껏 높이고 폭넓게 지향해 간 자연인(自然人)이라 할 수 있다.

대체로 초암인은 자신의 적적한 마음이나 생명의 문제에 긴장감을 자연 속에 이입함으로써 꽃이라거나 사랑, 그리고 바람

---

24) 前揭書, 鴨長明の新研究. p. 489와 前揭書, 鴨長明の研究. p. 430 參照.

혹은 계절을 도구 삼아 각각 우주의 생명에 통하는 깊이와 넓이 그리고 높이를 느낄 수 있었던 것이다.

이 같은 관점에서 보면 그의 와카에 '자연적'인 요소가 많고, 그 중에서도 '바람(風)'을 들러 싼 언급이 적지 않음은 간과할 수 없는 부분이다.

이 '바람'이 그의 와카에 있어서 주된 제재가 되고 있음 또한 알 수 있다. 그러므로 이 '바람'에서 느낄 수 있는 특유의 여운(余韻)이 중심이 되어 있음과 그의 와카에서 느껴지는 자연관의 일면을 고찰해 보고자 한다.

앞서 언급한 바 있거니와, 초메이의 출가동기는 「河合社のね宜事件」과 「秘曲づくし事件」 등이 중심적 이유가 되어 있지만,《방장기》의 오대재해에서 느낀 무상감도 커다란 이유였다고 말하지 않을 수 없다.

특히 그 중에서도 '큰불'은《방장기》에 「風烈しく吹きて,靜かならざりし夜」[25]에 일어나 「吹き迷ふ風」[26]에 화재가 일어났고, 「風に堪えず,吹き切られたる焰」[27]가 날았다고 기술되어 있다. 또한 '회오리바람'도 '바람'에 대하여 언급했으며, 이어 '천도'에 있어서는 신도(新都)의 황량한 모습을 「塩風殊にはげし」[28]

---

25) 西尾實校注, 方丈記・從然草(日本文學大系30), 岩波書店, 昭 50, p. 24
26) 上揭書, p. 24
27) 上揭書, p. 25
28) 上揭書, p. 28

라고 기술되어 있다.

오대재해 중에서 위의 3개 사건에 휘몰아치는 '바람'에의 회상은 난세(亂世)의 예고를 통해 무서운 느낌을 가져다 주고 있음이 특히 인상적이다.

또한,《방장기》에 기술되어 이는 지명인 히노(日野)에 있는 도야마(外山)에서의 생활묘사 중에는「もし,桂の風,葉を鳴らす夕には,尋陽の江を思ひやりて,源都督のおこなひをならふ.若,余興あれば,しばしば松のひびき(筆者注:松風の音)に秋風樂をたぐへ」[29]로 되어 있으며, '바람'의 유혹에 의해 윤기(潤氣)있는 자기 스스로를 되찾아 가는 모습이 기술되어 있다. 아울러「曉の雨はおのづから木の葉吹くあらしに似たり」[30]에는 착각 속에 들었던 바람소리에 의해 잠 깨우는 어느 이른 새벽의 정황이 묘사되어 있다.

이상과 같이 초메이의 정신세계(精神世界)에는, 많은 자연적 요소가 있음에도 불구하고, 특히 그 자연적 요소의 하나인 '바람'이 끊임없이 숨겨져 온 것이다. 한편 '바람'의 환기(喚起)에 대해서는 일본 역사상 상대(上代) 이래 일찍이 일본인이 인식해 왔고 초메이도 함께 인식해 온 것이다. 가재(歌材)로서의 '바람'이 두드러져 잘 읊어지던 시대임을 고려한다 해도, 초메이에 있어서 '바람'이라는 제재에는 심상치 않은 뭔가가 느껴진다.

---

29) 上揭書, p. 38
30) 上揭書, p. 40

花

はる風に雲のしからみむらきえてたかねをあらふ花のしら浪

〈春・九〉

鹿をよめる

風わたる眞葛か原のさひしきにつまとふしかの聲うらむなり

〈秋・三〉

落葉

山おろしにちるもみちはやつもららんたにのかけひの音よはるなり

〈冬・四六〉

大井河にまかりて,落葉をよめる

あすもこんとなせ岩なみかせふけは花に紅葉をそへて折りけり

〈冬・四七〉

秋の夕に,女のもとへつかはす

しのはんと思ひし物を夕くれのかせのけしきにつるにまけぬる

〈戀・八四〉[31]

---

31) 和歌史研究會(編), 私家集大成(第三券, 中世Ⅰ), 明治書院, 昭49, p. 785

　이상은 가진으로서 초메이의 습작기(習作期)의 와카로 보이는《가모노초메이슈》에 실려 있는 것이다. 이상의 5수의 와카에는 그 자신으로부터 자립한 정경(情景) 속의 바람을 노래한 절창(絶唱)은 발견하기 어렵지만, 모두 그대로 '바람'을 깊이 읊어 가는 제영(題詠)의 유례는 상당히 있다고 느껴진다.

　그 중에서도, 최후의 와카는 렌가(戀歌) 중 하나이다. 「秋の夕に, 女のもとへつかはす」라는 詞書(고토바가키, ことばがき)가 붙여져 있는 이 와카에는 충동과 억제의 균형이 「風のけしき」에 의해 깨뜨려졌음을 노래한 것이며, 이는 두 말할 것도 없이 연인(戀人)에 대하여 방문할 것임을 예고한 것이다. '사랑'이란 일반적으로 참아내야 하는 것이라 일컬어지고 있으나, 적어도 와카의 세계에서는 여성(女性)과의 사이에 어떤 약속을 넘어선 어떤 일인가가 있는 듯하며, 이는 어쩌면 어떤 배덕적(背德的)인 관계에 의한 것일 것이다.

　촉센슈 중 그의 와카가 가장 많이 실려 있는 신고킹와카슈에는 '바람'을 제재로 한 와카가 다음과 같이 3수 게재되어 있다.

　　秋歌とてよみ侍りける

　　(1) 秋風のいたりいたらぬ袖はあらじただわれからの露の夕
ぐれ

　　　　　　　　　　　　　　　〈券第四秋歌よ・三六六〉

月前松風

(2) 詠むればちぢに物思ふ月に又わが一つの峰の松風

〈券第四秋歌上・三九七〉

題しらず

(3) たのめおく人もながらの山にだにさ夜ふけぬれば松風
のこむ

〈券第十三戀歌三・一二 二〉[32]

(1)은, 「春の色のいたりいたらぬ里はあらじさけるさかざる
花のみゆらん」[33](《古今集》券第二, 春歌下・九三)을 홍카(本
歌)[34]로 삼은 것이다. 이는 곧 계절에 있어서 봄을 가을로, 시
각적인 것을 청각적인 것으로 경관의 큼(大)을 「榴」라는 소세
계(小世界)로 전환한 것을 의미한다. 이것은 어디까지나 개념
적·이지적인 흥미로 삼고 있는 것일 뿐이다.

일반적인 '가을밤의 이슬(秋の夕の露)'을 특수화하고 있음은
눈물(涙)의 연상이며, 그것이 여정(余情)으로 되어 와카의 배
후에 감돌고 있다. 이 여정은 사랑으로 파급되어져 거기에 어
렴풋한 염정(艷情)이 느껴진다. 그렇지만 그 사랑은 화려한 것

---

32) 久松潛一外二人校注, 新古今和歌集(日本古典文學大系28), 岩波書店, 1982,
pp. 273~276
33) 佐伯梅友校注, 古今和歌集(日本古典文學大系8), 岩波書店, 昭33, p. 121
34) 모방하거나 번안한 작품에 대하여, 그 典據가 되는 和歌

이 아니라 어쩐지 쓸쓸함을 주로 삼는 것이며, 눈앞의 경물(景物)에 의해 더욱 깊이 있음을 보이게 하는 것이다.

여기에서 유현미(幽玄美)가 느껴지는 것이야말로 당연하다고 본다. 그러나 이 와카는 쿠보다 준(久保田淳) 씨에 의해 「下句の詞續きにうかがわれる才氣などは評價されるべきであろうが,余情に乏しい作」[35]이라고 평가를 받았다.

(2)도 홍카를 취하고 있다. 그것은 「月みればちぢにものこそかなしけれ,わが身ひとつの秋にはあらねど」[36](《古今集》券第四, 秋歌上·一九三)이다. 그런데, 앞 3구(句)는 홍카의 의미를 긍정하고 있으면서도 이를 평범시 하고 있는 것이다.

그에 따라 받는 미적 감동의 일반적인 것을 말하고 있다. 그에 반하여 아래 2句는 일반적이지 못하다. '景'으로서의 비범함은 작가 초메이의 입장에서의 비범함을 암시하기 때문이다. 그러므로 그의 생애는 세계적이지 못하며, 게다가 적절함이랄지 슬픔이 느껴지는 여정의 맛이 감돌아 보인다.

이 와카는 결국 발상법에서 볼 때 앞의 1)과 유사한 점이 있다. 제 4구에 반성의 면이 강조되어진 것은, 초메이의 성격에서 나오는 것이라 생각된다. 그 점 때문인지 구보다 준 씨는 「いかにも自己顯示性の强かった長明らしい作」[37]이라고 평가하고

---

35) 久保田淳, 新古今和歌集全評釋(第二券), 講談社, 昭 51, p. 73
36) 前揭書, 古今和歌集, p. 140
37) 久保田淳, 前揭書, p. 439

있다.

(3)의 와카는 세상살이에 지쳐 長等山(大津市の西方, 三井寺の背後の山)에 숨어살고 있는 사람이라 해도, 야밤에 높이 나는 '송풍(松風)의 소리'를 듣고는 그리움에 괴로워하고 있다는 마음속에서 나오는 와카이다. '바람'을 영탄(詠嘆)한 수많은 와카 중에서도 가장 많이 쓸쓸함을 느끼게 하는 이 노래는, 기다려야 하는 사람조차 없는 長等山의 한거(閑居)에도 밤이 깊어지면 소나무 소리는 누군가 기다리는 느낌을 가져다준다. 이는 고독감이 이미 극에 달해 버린 경지이면서도 적적함 속에 기다리는 연정의 슬픔이 은은한 염정을 느끼게 하고 있다. 그러므로 이 염정은 여정이라 해도 좋을 것이다. 물론 이 와카의 성립 계기는 '소나무 소리'일 테지만, 이것은 나(我)를 얽어 메 두는 사람조차 없다는 비사교적이고 비인간적인 경우를 용납하지 않는 인정적(人情的)인 소리라 할 수 있을 것이다. '소나무 소리'는 일단 서경(敍景)이지만, 서정적(抒情的)인 냄새가 좀 더 짙다 할 수 있다. 오히려 닫혀있던 삶의 매력으로 이어짐이 자연 속에 일깨워져 그것이 소나무 소리로 표상화(表象化)했다고 보아야 할 것이다. 또한 '자연'과 '인사(人事)'를 교착(交錯)시키고 있는 듯하다.

이상의 (1)·(2)·(3)이라는 와카를 보면, 각각 응축적(凝縮的) 표현을 사용하여 그 풍경의 이미지가 주인공의 연정의 상황과 심정을 나타내고 있다. 나아가 기분적인 아름다움과 정조

를 띠워 줌으로써 이지적 요소가 두드러진 구성의 와카가 많다
는 면에 있어서, 新古今歌風의 특색을 갖추었다고 말할 수 있다.

한편, (1)·(2)·(3)는, 제재가 '바람'이지만, 분명한 것은 모
두가 연가로서 실로 초메이가 젊었을 때의 일면이 생생한 듯하
다.

이 정도의 염풍까지 갖춘 것을 보면 일단은 '寂·艶'를 겸비
(兼備)했다고 해도 좋을 듯 보이나, 역시 寂風 중심적이라 해야
할 것이다.[38] 그러나 (A)·(B)·(C)에서 보다 흥미가 느껴지는
것은, 초메이의 삶을 현실로 불어 몰아쳐 가는 '바람'을 노래한
것이라 생각된다. 전술한 것처럼 그의 인생에는 우연이라고는
할 수 없을 정도의 비극적인 기복(起伏)이 심하지만, 그 요소마
다에 이른바 '바람'이 불고 있다. 다시 말하면 인생의 기로에 잠
시 멈춰 섰을 때나 그 상태를 넘어 두 번 다시 되돌아갈 수 없는
생활방식에 젖어들었을 때, 초메이는 불어오는 바람 속의 자신
을 되풀이하여 노래하고 있다.

아울러 초메이가 살았던 당시에는 序詞·枕詞·戀詞·對句
·譬喩 등의 수사상(修辭上)의 기교가 풍부하게 사용되었고,
초메이 또한 그 같은 경향을 띠고 있는 듯하다. 그러나 당대의
다른 가진에 비교해보면 다소 적은 편이다.

초메이의 어휘나 용어 사용의 면에 있어서는 상당히 신기(新

---

38) 前揭書, 新古今集とその歌人, p. 225

奇)를 띠었으나, 제재에 대해서는 매우 소극적이었다. 이것은 전대(前代)의 俊賴 등과 반대로 모습을 주로 하여 와카의 완성을 지향했던 시류(時流)의 영향에 의한 것일 것이다.

나가는 말

앞에서 필자는 초메이가 세상을 떠난 지 이미 8백여 년의 세월이 흘렀음에도 불구하고, 그의 대표작《방장기》와 대표적인 와카가 많은 사람에게 감명을 주고 있다는 사실만으로도 이 분야에 대한 연구가치가 있음을 밝힌 바 있다. 두말할 것도 없이 그 이유란《방장기》가 지니고 있는 초메이의 무상관와 그의 와카에서 느낄 수 있는 자연관이 커다란 두개의 매력으로 꼽히며, 이 두 매력이 세인에게 감명을 주고 있기 때문이다.

그러기에 본고에서는 두 번째 매력이라 할 수 있는 초메이의 '자연'에 관한 안목을 몇몇의 그의 대표적인 와카를 통해 엿볼 수 있었다. 그러나 사실, 일본문학에서 와카가 갖는 하나의 문학적 쟝르로서의 위치가 큼은 물론, 수많은 와카 관계의 작품과 가진이 있으며 이 분야가 일본인의 심금을 울리고 있음을

보면, 그의 가진으로서의 위치가 아무리 크고 그의 와카가 수
백 편에 이른다 해도, 확연히 드러나는 가진이거나 와카가 아
니라는 해석에 반론할 생각은 없다.

그럼에도 불구하고 몇몇의 대표적 와카에는 물론 초메이야
말로 당시의 대표적 초암인이었기에 그렇겠으나, 그의 적적한
마음이나 생명의 문제에 입각한 긴장감을 자연 속에 이입함으
로써 이른바 '사랑'을 노래한 면면이 확실히 드러나고 있음은
실로 간과해서는 안 될 부분이라 생각된다.

그것은 곧 초메이의 정신세계에는 자연적 요소가 많이 자리
잡고 있음을 의미하며, 이를 '바람'이라는 자연적 제재를 사용
하여 적적함이 느껴지는 여정의 맛을 감돌게 한 것은, 당시 신
고킹와카슈 가진들의 일반적인 관례에 조금도 다를 바 없는 시
대적 특징이라고 말할 수 있다.

segment。

참/고/문/헌

目下華子, 『鴨長明研究 – 表現の基層へ』, 勉誠出版, 2015.

富倉德次郞, 鴨長明, 東京靑梧堂, 昭 17.

稿保己一 · 神太田藤四郞, 續群書類從 第七輯 下系図部, 東京, 續群書類從完成會, 昭 52.

簗瀨一雄, 鴨長明の硏究, 東京, 加藤中道館, 昭 55.

――――, 鴨長明の新硏究, 東京, 風間書房, 昭 37.

――――, 俊惠硏究, 東京, 加藤中道館, 昭 52.

――――, 校註, 鴨長明全集(上), 「鴨長明集」, 東京, 富山房, 昭 15.

富倉德次郞, 鴨長明, 東京, 昭 17.

安良岡康作, 方丈記全譯注, 東京, 講談社, 1990.

水原一, 方丈記全譯, 東京, 加藤中道館, 昭 50.

西尾實校注, 方丈記徒然草(日本文學古典大系30), 東京, 岩波書店, 昭 50.

久松潛一外二人校注, 新古今和歌集(日本古典文學大系8), 東京, 岩波書店, 1982.

佐伯梅友校注, 古今和歌集(日本古典文學大系8), 東京, 岩波書店, 昭 33.

久保田淳, 新古今和歌集全評譯(第二券), 東京, 講談社, 昭 51.

久保田淳 · 松野陽一校注, 千載和歌集, 東京, 笠間書院, 昭 52.

高橋和彦, 無明抄全解, 東京, 双文社出版, 1989.

谷山茂, 新古今集とその歌人(谷山茂著作集五), 東京, 角川書
　　　店, 昭 58.

藤原定家, 明月記(第一), 東京, 國書刊行會, 昭 60.

神野志隆光外 8人, 和歌史, 和泉書院, 昭 60.

和歌史研究會(編), 私家集大成(第二券, 中世Ⅰ), 東京, 明治書
　　　阮, 昭 49.

和歌文學會(編), 中世 · 近世の歌人(和歌文學講座　第7卷), 櫻
　　　楓社, 昭 45.

부록

방장기(方丈記)

1. 사람과 집에 대한 무상(無常)

[제1단] 순리대로 흐르는 강물과 물거품

강물은 끊임없이 흘러가지만, 그 강에서 흐르고 있는 물은 시시각각으로 바뀌어 흘러, 이젠 옛 물이 아니다. 순리대로 흘러가다 멈추고 있는 곳[1]의 물거품은 사라지는가 하면 다시 떠올라, 하나의 물거품이 그 모습 그대로 오래 머물러 있는 적이 없다.[2]

---

1) 강 속 군데군데 다소 깊은 웅덩이가 있다. 흘러가는 물이라 할지라도 강물은 머물러 있을 때가 있다. 이는 곧 '맑음'을 버리고 '더러움'을 상징하는 '물거품'을 만들어내는 곳을 상징하고 있다.

2) 교토(京都) 시내를 남북으로 흐르고 있는 가모가와(鴨川)는 'Y'자 모양을 하고 있다. 동서의 물줄기가 북쪽에서 남쪽으로 흘러 하나가 되기 전의 지점에 위치한 시모가모(下鴨) 신사(神社)에서 초메이는 어린 시절을 보냈다. 그러므로 그는 흐르던 물이 멈췄다가 다시 흘러가는 모습을 수없이 보았기에 강물에 대한 인식의 척도가 남달랐을 것이다.

세상 사람들과 그들의 거처 또한 이와 마찬가지다.

[제2단] 집은 불타고 사람은 죽고

구슬(玉)을 깔아 놓은 것처럼 아름다운 교토[3] 안에서 용마루를 나란히 하고 있는 기와지붕의 높이를 겨루고 있는 곳, 즉 신분이 높은 사람의 집이건 낮은 사람의 집이건 그들이 살고 있는 집이 우리가 보기에 몇 세대에 걸쳐 이어져 사라지지 않는 듯 보이지만, 사라지지 않은 채 남아 있는 것이 사실인가 하고 조사해 보면, 옛날 그대로 지금까지 남아 있는 집은 너무도 적다.

어떤 경우에는 작년에 불타버려 지금 보이는 집은 금년에 지은 집뿐이다. 또 커다랗던 집은 이미 사라져 조그만 집이 되었다. 그 집에 살고 있는 사람이 옛날 그대로인 경우도 마찬가지로 매우 드물다. 살고 있는 장소도 그대로이고 사람도 예전과 같이 많이 살고 있지만, 내가 이전에 만나 알고 지낸 사람은 이삼십 명 가운데 겨우 한 두 사람이다.

한 쪽에서 아침에 사람이 죽어 가는가 하면 다른 쪽에서는 저녁 무렵에 사람이 태어나곤 한다.[4] 이렇듯 인간 세상은 그저 강

---

3) 당시의 수도가 오늘날의 교토라서 필자는 이하의 '都'를 '교토'라 표기했다. 하지만 같은 의미를 지니고 있는 '平安京'는 '교토'로 옮기지 않고 그대로 '헤이안쿄'라 표기했다.

4) 이 표현은 우주의 삼라만상(森羅萬象)이 모두 그렇지만, 특히 만물의 영장인

물 위에 맺혔다가 사라지는 물거품과 같다.

[제3단] 집과 주인은 '나팔꽃의 아침 이슬'

태어나기도 하고 죽기도 하는 사람이란 도대체 어디서 오고 어디로 사라지는지 나로서는 알 수가 없다. 그렇지만 한편으로 모르는 일이 또 있다. 무상(無常)한 세상에서 임시로 살아가는 것이 집인데, 사람들은 누구를 위해 고심해서 좋은 집을 짓고, 무엇 때문에 그 집을 보고 즐거워하는가?

한 집의 주인과 집이 서로 무상함을 다투듯이 사라져 가는 모습을 비유해서 말하자면, '활짝 핀 나팔꽃에 맺힌 아침 이슬과의 관계'와 조금도 다를 바 없다. 어떤 경우에는 아침 이슬 쪽이 먼저 사라져 버리지만, 나팔꽃은 여전히 남아 있다.

그러나 나팔꽃이 남아 있다고 해도 아침 햇살에 그 이슬은 곧 사라져 버린다. 혹은 나팔꽃이 시들어도 이슬은 그대로 남아 있으나, 그 이슬 역시 아침 햇살에 쪼이면 곧 시들어 버린다. 설사 아침 이슬이 남아 있다 할지라도 저녁때까지 그 이슬이 그대로 남아 있지는 않는다.

인간도 태어나는 사람이 있으면 죽어 가는 사람도 끊임없이 생겨난다는 것을 의미한다. 이는 불교에서 말하는 생사윤회(生死輪廻)의 경지로 보인다.

2. 안겐(安元)시대의 큰불(大火)

[제4단] 40여 년 전의 상상할 수 없는 일들

내가 이 세상과 인생에 대해 생각할 수 있게 된 때부터 40여 년의 세월을 보내는 동안, 이 세상에 상식으로는 도저히 이해할 수 없는 불가사의한 일들을 내 두 눈으로 똑똑히 본 적이 있다.[5]

세월이 흘러가면서 그런 일들은 자주 일어났다.

---

[5] 초메이는 '큰불'을 비롯한 다섯 가지 재해를 직접 목격하고는 당시에 느낀 생각을 어딘가에 적어 두었다가 40여 년이 지난 뒤의 시점에 그 내용을 기술하고 있다.

[제5단] 하룻밤 사이의 한 줌의 재

안겐(安元) 3년(1177)[6] 4월 28일이었으리라. 바람이 몹시 불어서 너무도 시끄럽던 저녁 술시(戌時)[7] 무렵의 일이다.

교토의 남동쪽에서 불이 일어나서 북서쪽으로 번져 갔다. 결국에는 슈샤쿠몬(朱雀門)[8], 다이코쿠덴(大極殿)[9], 다이가쿠료(大學寮)[10], 민부쇼(民部省)[11]로까지 불길이 번져 하룻밤 사이에 모두 한 줌의 재로 변해 버렸다.

---

6) 헤이안 시대 말기에 해당하는 안겐 3년(1177) 전후에는 큰불이나 회오리바람·기근·지진 등의 천재지변(天災地變)이 끊이지 않았고, 이로부터 10여 년이 지난 1192년경에는 귀족시대가 끝나고 이른바 중세의 무사(武士) 중심의 바쿠후(幕府) 정치가 시작되었다.

7) 오후 7시에서 9시 사이를 가리킨다. 당시 일본에서도 중국이나 한반도 등 대륙의 영향을 받아 이처럼 '십이지(十二支)'에 의한 시법(時法)이 유행했음을 알 수 있다. 그러나 당시의 사서(史書)인 『교쿠요(玉葉)』나 『햐쿠렌쇼(百錬抄)』에는 '亥の刻'라고 되어 있어, 이 상황을 보다 적절하게 해석한다면 오후 10시 무렵이라고 해야 할 것이다. 어쩌면 이는 초메이의 잘못된 기억에 의한 것이라고 해석된다.

8) 교토의 '다이다이리(大內裏)' 지역의 남쪽을 말하는데, 당시 헤이안쿄의 중앙을 남북으로 관통하는 '슈자쿠오지(朱雀大路)'의 북단(北端)을 가리킨다. '슈자쿠'는 '朱鳥'라는 한자어로도 표기하는데, 이는 원래 남쪽의 별자리를 의미하며 중국에서는 장안(長安)에 있는 성문의 이름으로 사용되기도 했다.

9) '다이다이리' 안에 있는 '핫쇼잉(八省院)'의 정전(正殿)을 말한다. 동서 11 간, 남북 4 간의 대전(大殿)으로 주로 헤이안 시대에 국가적인 행사를 거행했던 곳이다.

10) 당시 관리를 양성하기 위한 최고의 교육기관이다.

11) 호적(戶籍) 조사, 조세(租稅) 등의 업무를 보던 기관이다.

[제6단] 부챗살처럼 번지는 불길

　발화지(發火地)는 히구치토미노코지(樋口富の小路)[12]라는 곳이었다. 춤추는 사람을 머물게 했던 가건물(假建物)에서 불이 시작되었다. 휘몰아치는 바람 때문에 불은 이곳저곳으로 옮겨 붙었고, 불길은 마치 부채를 펼친 것처럼 넓게 번져갔다.

　불이 난 곳에서 멀리 떨어진 집에 사는 사람들은 내뿜어대는 연기에 목이 메이고, 가까운 곳에서는 맹렬한 불꽃이 일었다. 밤하늘에는 재가 치솟아 위로 올라가면서 불빛에 비쳐서 하늘이 온통 새빨갛게 된 가운데, 거센 바람을 이기지 못해 찢겨 나간 화염이 한 동네 두 동네를 건너가면서 자꾸만 앞으로 번져갔다.

　이런 상황에 처한 사람들은 살아 있다는 기분을 느낄 수 없었다. 어떤 사람은 연기에 숨이 막혀 쓰러지고, 다른 사람은 불길에 휩싸여 정신을 잃어 순식간에 수많은 사람들이 죽어갔다. 가까스로 불길을 피한 사람들은 몸만 겨우 빠져 나와 가재도구를 가지고 나올 생각은 조금도 할 수조차 못했다. 이렇게 되자 교토의 찬란한 재물과 보화(寶貨)는 모조리 한 줌의 재로 변해 버리고 말았다.

　그 불로 생긴 피해가 도대체 얼마나 되는지는 상상할 수도 없

---

12) 헤이안쿄에 있던 동서로 통하는 소로(小路)의 하나로 오늘날 교토의 고죠(五條)와 로쿠죠(六條) 사이에 있다.

을 정도였다. 그때의 화재로 귀족들의 저택이 16채나 불에 타
버렸다. 하물며 타버린 서민의 집이 너무 많아서 헤아릴 수 없
을 정도였다.

전체적으로 말하자면, 불에 타 없어진 지역은 교토의 삼분의
일에 이르렀다고 한다. 죽은 사람들은 남녀를 통틀어 수십 명
이나 되고, 말이나 소 따위는 얼마나 많이 죽었는지 셀 수도 없
을 정도였다.

[제7단] 집 짓는 일이란 어리석은 일

인간이 하는 일이란 모두 어리석지만, 그 중에서도 그토록 위
험한 교토에 집을 짓기 위해 재산을 많이 들인다. 이에 멈추지
않고 인간이 살아가기 위해 이것저것 신경 쓰는 모습이란 지금
곰곰이 생각해 보면 아주 바보 같은 짓만 하는 하찮은 일이었
다.

3. 지쇼(治承)시대의 회오리바람
(선풍, 旋風)

[제8단] 불가사의한 회오리바람의 시작

또 지쇼(治承)[13] 4年 4월 무렵에 나카미카도쿄오코쿠(中御門京極)[14]에서 엄청난 회오리바람이 일어나 로쿠죠(六條)[15] 근처까지 불어온 적이 있었다.

---

13) 서기 1180년에 해당한다.

14) '나카노미카도(中御門)'는 헤이안쿄의 동서를 지르는 대로(大路), 즉 이치죠(一條)와 니죠(二條) 사이에 있었고, '쿄코쿠(京極)'는 좌경(左京)에 있는 '히가시교고쿠오오지(東京極大路)'를 말하므로 이 두 곳이 교차하는 근처를 말한다.

15) 오늘날 쿄오토 시내의 로쿠죠(6條)를 말한다.

[제9단] 지옥의 업풍(業風)보다 무서운 세찬 바람

　서너 초(町)[16]를 휘몰아치는 세찬 회오리바람에 말려든 집들은 크건 작건 파괴되지 않은 것이 없었다. 납작하게 내려앉은 집도 있고 도리(桁)와 기둥만 남아 있는 것도 있다. 바람에 찢긴 대문은 네댓 초나 멀리 떨어진 곳까지 실려 날아가고 울타리까지 날아가 버려서, 이웃과의 경계가 없어져버렸다.

　이런 정도였으니 하물며 집에 있는 가재도구들은 오죽했으랴. 모두 공중에 떠 있고, 지붕을 이은 얇은 회(檜)나무 조각이나 판자조각 같은 것은 꼭 겨울 나뭇잎이 바람에 어지럽게 날리는 듯한 지경이었다.

　바람이 먼지를 연기처럼 하늘로 불어 올리기 때문에 아무 것도 보이지 않고, 또 무시무시할 정도로 거세게 불어 댄 탓에 옆 사람이 뭐라고 해도 전혀 들리지 않았다.

　지옥의 업풍(業風)[17]이 아무리 무섭다고 해도 이처럼 세차지는 않으리라. 집이 부서지는 것뿐만 아니라 집을 고치는 동안 몸을 다쳐 불구가 된 사람도 얼마나 많았던지 셀 수 없을 정도였다. 이 바람은 남남서(南南西)쪽, 즉 시내 중심지 쪽으로 옮겨가서 많은 사람들에게 비탄(悲歎)을 느끼게 했다.

---

16) 우리말의 '동네'나 '마을'에 해당하는 지역 단위이다.
17) 불교에서 주로 사용하는 표현으로 중생(衆生)이 지은 죄업(罪業)으로 인해 지옥에서 불어대는 강풍을 말한다.

[제10단] 회오리바람, 인간에 대한 부처님의 경고

회오리바람은 곧잘 불기 때문에 그다지 보기 드문 것은 아니지만, 이렇게 지독한 바람이 있을까? 이것은 예삿일이 아니다.

인간에 대한 신(神)이나 부처님의 경고가 아닐까 하는 생각이 들었다.

4. 후쿠와라(福原) 천도(遷都)

[제11단] 갑자기 이뤄진 후쿠와라 천도

또 지쇼(治承) 4년 6월 무렵[18], 별안간 천도(遷都)가 이루어졌다. 정말 뜻밖의 일이었다.[19]

이 헤이안쿄가 수도로 세워진 시초(始初)에 관해서 내가 듣기로는, 사가(嵯峨)천황의 대(代)에 이곳이 너무도 안정된 곳이라서 도읍으로 정했다고 하는데, 그 뒤로 이미 4백 년 넘는

---

18) 6월 2일 헤이안쿄에서 후쿠와라(福原)로 갑자기 천도하게 되는데, 얼마 되지 않아 다시 환도(還都)하게 된다. 이는 이 작품의 다섯 가지 재해 가운데 나머지가 모두 천재(天災)인데 반하여 유일한 인재(人災)로 인한 결과물이라고 할 수 있다.
19) 당시 수도인 교토에 살고 있던 초메이조차 그 천도 계획에 들은 바 없었으니, 대다수의 서민들에게는 충격적인 소식이 아닐 수 없었다.

세월이 흐르고 있다. 그러므로 특별한 이유 없이 그렇게 쉽게 수도가 바뀌는 것은 있을 수 없는 일이었기에, 이번의 천도에 대해 세상 사람들의 불안과 불평은 너무도 당연하다.[20]

[제12단] 세인의 불평과 절망감

그렇지만 세상 사람들이 이 천도에 관해서 이러쿵저러쿵 한 것도 아무런 소용이 없었다. 천황을 선두로 대신(大臣)과 귀족들이 한 사람도 빠지지 않고 옮겨갔다. 명색이 출세하여 관직에 앉아 있는 사람 가운데 누가 저 홀로 옛 수도에 남으려고 하겠는가?

높은 관직을 향한 승진을 바라고, 주군(主君)의 비호(庇護)를 기대하는 사람은 하루라도 빨리 새 도읍지[21]로 옮기려고 온갖 노력을 다한다. 그러나 출세할 기회를 놓치고 세상으로부터 버림받아 앞날에 희망이 없을 것 같은 무리들은 곤란하다고 몇 번이나 중얼거리면서 옛 도읍지[22]에 남아 있다.

옛 도읍지의 호화로움을 자랑하던 저택들은 날이 갈수록 황

---

20) 이와 같은 갑작스런 천도는 수많은 사람들의 희생을 강요했는데, 이는 갑작스럽게 발표되기도 했고 발표된 지 며칠 뒤에 천도가 강행되었다.
21) 두 말할 것도 없이 후쿠와라(福原)를 가리킨다.
22) 신도(新都)에 상대되는 말로, 천도하기 이전의 교토를 말한다.

폐해 간다. 집은 부서지고 뗏목으로 만들어져 요도가와(淀川)[23]에 떠다니며, 저택이나 정원이 있었던 교토의 택지는 어느새 일구어져서 밭으로 바뀌어 버렸다. 사람들의 마음도 지금까지와는 아주 달라져서 무사풍(武士風)을 좇아 말이나 말의 안장(鞍裝)만을 중시했다. 소나 수레를 쓰려는 사람이 있을 리가 없다.[24]

또 새 도읍지인 후쿠와라와 가깝고 헤이(平) 씨의 세력권 안에 있는 규슈(九州) 지방이나 시코쿠(四國) 등의 니시구니(西國)[25]에 영토를 차지하려고 하고, 이와 반대로 과거 귀족의 세력권인 히가시구니(東國)[26]나 북쪽의 영토는 싫어하는 사람이 많아졌다.

[제13단] 난세(亂世)의 징조

그런 참에 일이 생겨 세쓰(攝津)[27]라는 새로운 도읍에 가 봤

---

23) 교토 북부지방에서 시작하여 교토 시내 중심부를 거쳐 다시 오사카(大阪)로 남하하여 흘러가는 강이다.
24) 소를 이용해서 생활에 도움을 받았던 귀족시대의 풍토는 사라지고, 말을 타고 전쟁을 좋아하는 무사시대(武士時代)의 새로운 풍토가 조성되는 것을 풍자한 것이다.
25) 당시 지배계급으로 권력을 장악하고 있던 무사계급인 헤이케(平家) 일족의 지배 아래 있던 영지를 가리킨다.
26) 현재의 교토인 헤이안쿄에서 멀리 떨어진 동북지방(東北地方)의 내륙은 발전이 더딜 뿐만 아니라 치안(治安)도 좋지 못했다.
27) 새로운 도읍지 '후쿠와라'의 또 다른 지명을 말한다.

다. 그곳을 보니, 지형은 면적이 아주 좁고 시가의 구획도 불가
능하리만큼 좁았다. 북쪽은 산이 치솟아 있어 높고, 남쪽은 바
다와 가까워 낮았다. 파도 소리가 일년내내 시끄럽고 바닷바람
이 세차기만 했다.

황거(皇居) 곧 천황이 살고 있는 거처는 산 속에 있기 때문
에 옛날의 기노마로도노(木の丸殿)[28]라고 하는 것도 이렇게 형
편없는 곳일까 하고 생각하면, 오히려 그렇게 세차게 불어대는
바람에도 무너지지 않는 게 용하다며 비아냥거리고 싶을 정도
였다.

그러나 사람들이 살고 있는 집을 날마다 부숴서 요도가와가
좁을 정도로 운반된 집들은 도대체 어디에 지어져 있을까 하는
생각도 들어진다. 그런데 무언가 새로이 세워져 들어 차 있어
야 할 빈터는 아직도 넓기만 하다. 옛 도읍은 이미 황폐해졌고
새로운 도읍지는 아직 이룩되지 않았다.

사람들은 모두 떠도는 구름처럼 불안한 생각을 품고 있다. 예
전부터 이 후쿠와라에 살던 사람은 새 수도를 건설하는 일로
자기 땅을 잃고 불평을 한다. 그리고 새롭게 이사해 옮겨온 사
람은 건축에 돈이 드는 것을 한탄한다. 이곳저곳의 길에는 우

---

28) 오늘날의 후쿠오카(福岡) 현(縣)의 아사쿠라쿤(朝倉郡) 아사쿠라쵸(朝倉町)
야마다(山田)에 있었다는 사이메이(齊明)천황의 황거(皇居)를 말하는데, 동
천황이 백제(百濟)에 원군을 보낼 때 통나무로 지었다는 데서 이름은 딴 것
이라는 설이 일반적이다.

차(牛馬車)를 타야 마땅할 귀족이 무사처럼 소나 말을 타고 있고, 의관(衣冠)이나 의포(依布)를 입고 귀족다운 복장을 하고 있어야 할 사람이 무사처럼 직수(直垂)를 입고 있다. 교토의 풍속도 이런 식으로 갑자기 바뀌어서, 이런 것만 본다면 마치 촌스러운 무사와 구별이 안 될 정도다.

이렇게 사람들의 풍속이 바뀌는 것은 난세(亂世)가 될 전조(前兆)라고 책에 씌어져 있었는데, 과연 그대로였다. 정말이지 날이 갈수록 세상은 동요하고 사람들의 마음도 어수선해졌다. 백성들의 걱정이 드디어 예상한대로 커져만 갔으니, 같은 해 겨울에 천황이 다시 헤이안교에 돌아오셨다는 것이었다.

그러나 집집마다 차례로 부숴진 집들은 도대체 어떻게 되어 버린 것일까? 일부는 복구되었지만, 전부 예전처럼 모두 훌륭하게 세워지지는 않았다.

[제14단] 전해들은 옛날의 자비심(慈悲心) 정치

나는 다음과 같이 전해 들었는데, 옛 성천자(聖天子)들은 자비심으로 나라를 다스리셨다고 한다. 즉 중국의 요재(堯宰)는 궁전의 지붕을 억새풀로 잇고 그 처마 끝도 가지런히 자르지 않으셨고, 혼초(本朝)의 닌토쿠(仁德) 천황[29]은 백성들의 아궁이에서 나는 연기가 굴뚝으로 올라오는 것이 적은 것을 보셨을 때는 백성에게 부과된 조세조차도 면제하셨다고 한다. 이런 일이 가능했던 것은 백성에게 베풀고 나라를 구제하시려는 뜻이 있었기 때문이었다.

　오늘날의 세상이 얼마나 어지러운가는 옛날과 비교해 보면 그 차이를 반드시 알 수 있을 것이다.

---

29) 『니혼쇼키(日本書紀)』 제11에 나타나 있는 니토쿠천황 4, 7, 10년 조(條)를 통해 이에 관한 기사를 확인할 수 있다. 그 중에서도 4년의 조를 보면 "四年春二月己未朔中子, 詔君臣曰…"라고 되어 있는데 이는 다음과 같은 의미를 지니고 있다.
4년 봄 2월 6일(甲子), 여러 신하에게 말하기를 "짐이 누대(累代)에 올라 멀리 바라보니, 연기가 나라 안에 일지 않았다. 생각하건데, 백성이 가난하여 집에 밥짓는 사람이 없어서일까? 짐은 들었다. 옛적에 성스런 왕의 세에는 사람들이 칭송하는 소리를 올려, 집집마다 평화를 즐기는 노래가 있었다 한다. 지금 짐이 백성에 군림한지도 3년이 지났다. 칭송하는 소리는 들려오지 아니하고, 밥짓는 연기는 드문드문하다. 이것으로 오곡이 여물지 아니하고, 백성이 궁핍하다는 것을 알았다. 기내(畿內)에도 넉넉하지 아니한 자가 있거늘 하물며 기외(畿外)에서이랴?"라고 말하였다.
3월 21일(乙酉) 말하기를, "지금부터 3년 간 과역을 모두 면제하고, 백성의 괴로움을 덜어 주어라"고 하셨다. 이 날부터 시작하여 의복과 신발이 헤어지지 않으면 다시 만들지 않았다. 밥과 국이 시고 썩지 않으면 버리지 아니하였다. 마음을 깎고 뜻을 간략히 하여 조용히 있었다. 담장이 무너져도 수축하지 아니하고, 지붕의 갈대가 썩어도 개수하지 않았다. 풍우가 틈으로 들어와 의복을 적셨다. 별이 뚫어진 곳을 통하여 자리에서도 볼 수가 있었다. 이후에 풍우가 때에 따르고 오곡이 풍요하게 여물었다. 3년 간에 백성은 부유하게 되었다. 칭송하는 소리가 가득 차고, 밥짓는 연기가 또한 많았다.」는 자료가 그 당시를 충분히 설명해 주고 있다. 이어지는 7년 여름 4월 1일의 자료에는 「닌토쿠천황은 "백성이 가난한 것은, 짐이 가난한 것이다. 백성이 부유한 것은 짐이 부유한 것이다"라고 말했다. 이는 백성이 잘 살아가는 것이 자신의 희망이고 보람인 것처럼, 백성의 집에서 연기 나는 것을 보고 안심하면서도 세금을 거두어들이지 않았다고 풀이된다.

5. 요와(養和)시대의 기근(饑饉)

[제15단] 기근과 홍수로 농작물 안 여물어

또 요와(養和) 무렵[30]의 일이었다고 생각되지만, 이미 오래
전의 일이라서 확실히 기억나지는 않는다.

하지만 2년 동안 세상 어디고 할 것 없이 심각한 기근이 생
겼는데, 정말로 기막히게 참담한 사태에 이르고 말았다. 벼농
사를 하기 위해 모내기를 해야 하는 봄과 여름에 극심한 가뭄
이 있었는가 하면, 추수를 해야 할 가을에는 세찬 바람이나 큰
홍수가 있는 등 좋지 않은 일이 계속되어서 농작물은 전혀 여
물지 않았다.

---

30) 서기 1181년에서 이듬해까지를 말한다.

봄에 경작하고 여름에 모를 심는 등의 **뼈**를 깎는 수고를 한다 해도, 가을에 벼를 베고 겨울에 거둬들이는 분주함 같은 것은 바랄 수 없었다.

[제16단] 기도(祈禱)해도 걸식자는 늘어

이 때문에 여러 지방의 농민들이 정든 토지를 버리거나 고향을 등지고 떠나고, 어떤 사람은 자기 집을 그대로 둔 채 산에 들어가 버렸다. 조정(朝廷)에서는 기도(祈禱)[31]를 시작으로 여러 가지 특별한 비법을 도모하지만 그 효험은 전혀 나타나지 않았다.

교토의 생활이란, 필요한 모든 것을 다른 데 의존하지 않고 오직 시골에 의존하고 있었는데, 시골에서 올라오는 물품은 뚝 끊어지고 말았다. 이렇게 되니, 평상시와 같은 체재를 유지할 수만은 없었다. 백성들은 하루라도 빨리 어떻게든 되지 않을까 하는 기대를 하다가 지친 나머지, 온갖 재화나 보물을 손에 잡히는 대로 내버리듯이 싸게 팔아서 근근히 생활을 이어가려 했다. 그렇지만 눈길을 주는 사람이라고는 두 눈을 뜨고 봐도 없었다.

---

31) 밀교(密敎)에서 하는 수행법 등을 말하는데, 구체적으로는 그 해 겨울에 기우제(祈雨祭)를 위한 공작경법(孔雀經法) 같은 것을 썼다고 한다.

간혹 식량과 교환하려는 사람이 있어도 재보나 돈의 가치는 턱없이 떨어지고, 곡물(穀物)은 그 가치가 치솟는 형편이었다. 거리에는 걸식자(乞食者)들로 가득했고, 불평하고 탄식하는 소리가 여기저기서 들려왔다.

[제17단] 메마른 물속에서 허우적거리는 물고기

첫 해는 이런 식으로 그럭저럭 지나가고 이듬해는 조금은 나아지겠지 하고 기대했다. 그렇지만 그렇게 되기는커녕 기근에다 유행성(流行性) 전염병(傳染病)까지 번져 더욱 비참해지고 결국은 혼란스러워지고 말았다.

세상 사람들이 모두 굶주림에 지쳐서 하루하루 날이 갈수록 절박한 상황에 빠지니, 비유하자면 《오조요슈(王生要集)》[32]에 적혀 있는 "메말라 가는 물속에서 허우적거리는 물고기"[33]라는 표현과 같은 것이었다.

결국에는 머리에 삿갓을 쓰고 다리에는 각반을 착용하는 정

---

32) 겐신(源信)이라는 승려의 저서로, 염불을 하면 정토세계(淨土世界)에 갈 수 있다는 내용으로 이루어진 경서(經書)이다. 이 책은 당시 민중들에게 염불하는 타력신앙을 하면 큰 효험이 있다는 영향을 주었다.
33) '소수지어(少水之魚)'라고 표현될 수 있는 구절이다. 이는 물이 점점 말라 감으로써 물고기의 생명이 단축되어 가는 매우 절박한 상황을 비유한 것인데, 당시의 극심한 기근으로 인해 수많은 사람들이 거의 죽음에 이르고 있는 상황을 보여준다.

도로 간신히 복장을 갖춘 사람들조차 꿈속에서 먹을 것을 구걸하러 집집마다 돌아다녔다. 이와 같이 되어버린 부랑자들은 허기에 지친 나머지 비틀비틀 걸어가다가 갑자기 쓰러져 버리는 사람이 수없이 많았다. 흙담 옆이나 길가에서 굶어 죽는 사람의 수가 헤아릴 수 없을 정도였다.

그 시체를 치울 방법 또한 없었기 때문에, 그 부패하는 냄새가 교토 시내에 가득하였고, 썩어 가는 시신(屍身)의 모습을 눈 뜨고는 볼 수 없었다. 교토 시내가 이런 지경이었으니, 하물며 가모가와 가장자리의 들판에는 온통 시체가 뒹굴고 있어 수레가 지나갈 틈도 없을 정도였다.

비천한 나무꾼들도 허기에 지쳐서, 힘없는 몸으로 땔감을 구해 교토 시내로 보내지 못했다. 그렇기 때문에, 교토 시내에는 식량뿐만 아니라 연료까지 부족한 상황에 이르고 말았다. 그 결과 남에게 의지할 친척 등 아는 사람이 없어 별 뾰쪽한 수가 없는 사람들은 자기가 살아온 집을 부수어서 장작을 만들어 시장에 내다 팔기도 했다. 그럼에도 한 사람이 가지고 나간 장작을 팔아 번 돈으로는 단 하루의 목숨을 이어가는 데도 모자랐다.

게다가 정말로 이상하고도 기막힌 일은, 장작 속에 붉은 도료(塗料)가 붙어 있고, 금박(金箔) 같은 것과 은박(銀箔) 같은 것이 나무토막에 군데군데 붙어 있는 모습이었다. 왜 그러냐고 물어 보아도 그밖에 어떤 일이 있었는지 모를 일이었다.

더구나 한편으로는 어떤 사람이 오래된 절에 남몰래 들어가
서 불상을 훔치고 불당의 장식물이나 도구 등을 떼어 가지고
와 장작으로 쪼개거나 부수거나 하는 것이었다.

나는 하필이면 말세(末世)[34] 중에서도 이런 오탁(汚濁)한 세
계에 태어나 이렇게 기막힌 일들을 정말이지 난생 처음으로 보
았던 것이다.

[제18단] 엄마 젖 빨다 잠드는 갓난아이

또 기가 막히게 가슴 아팠던 일도 있었다.

못 본 척하고 내버릴 수 없는 아내나, 사랑스런 남편이 있는
사람은 상대보다 그 애정이 깊은 쪽이 이상할 정도로 먼저 죽
었다. 그 까닭은 상대가 불쌍하다고 생각한 나머지 자신의 일
은 차선책으로 미루었기 때문에 극히 드문 일이긴 하지만, 먹
을 것을 얻어서까지도 상대에게 먹도록 배려하기 때문이었다.

그렇기 때문에 부모와 자식이 함께 살고 있는 경우 틀림없이
부모가 먼저 죽었다. 어머니가 돌아가신 것을 모른 채, 갓난아
이가 이미 죽은 어미의 젖을 빨며 잠들어 있는 일도 있었다.

---

34) 당시에 사람들이 먹고살기가 어려워지자, 그 동안 품어왔던 불교적인 신앙심
　　을 망각하고 사는 것을 이렇게 표현했다.

[제19단] 길거리에 넘실넘실한 죽은 자

닌나지(仁和寺)[35]에 살고 있던 류교호닝(隆曉法印)[36]이라는
사람은 이 수없이 많은 사람들이 죽어 가는 것을 슬퍼한 나머
지 사람의 머리가 보일 때마다 이마에 범자(梵字)인 'ア(阿)'[37]
라는 글씨를 써서 부처님과 인연을 맺도록 함으로써 그들이 왕
생(往生)[38]하도록 배려한 적이 있다.

세상을 떠난 이들이 얼마나 되는지 알기 위해 4월과 5월의
두 달에 걸쳐 세어보니, 교토 안쪽 거리에서 이치조(一條) 거
리로부터는 남쪽, 구조(九條)로부터는 북쪽, 동쪽의 교코쿠(京

---

35) 제59대 우다(宇多) 천황시대(887~897년)의 닌나(仁和) 연간에 교토에 세워
   진 진언종(眞言宗)의 총본산(總本山)으로서『츠레즈레구사(徒然草)』등 일
   본의 고전문학작품에 자주 등장하는 유명한 사찰이다.
36) 죠쇼(長承) 3년(1134)에서 겐에이(建永) 원년(1206)까지 살았던 헤이안 시
   대 말기와 카마쿠라 전기의 귀족 출신의 고승(高僧)으로서 태황태후궁(太
   皇太后宮) 미나모토노 토시타카(源峻隆)의 아들에 해당되는 인물이다. 겐큐
   (建久) 5년(1194) '법인(法印)'의 자리에 올랐고, 쇼지(正治) 원년(1199)에
   는 '대승도(大僧都)'가 되었으며, 아울러 조소신슈(淨土眞宗) 소속 교토의 도
   지(東寺)의 이인자(二長子) 자리에 올랐던 인물이다.
37) 범어(梵語) 50자 가운데 첫 글자를 말한다. 이 글자를 마음 깊이 외우고 응시
   하면 일체의 번뇌(煩惱)를 제거할 수 있다고 전해지는 만물의 상징으로 신비
   롭게 여겨졌고, 한편에서는 이 글자를 이마에 써 붙임으로써 죽은 사람들의
   성불(成佛)을 기원(祈願)했다고 한다.
38) 인간의 한 생명이 다하여 다른 세계로 가서 다시 태어나는 것을 말한다. 비
   슷한 의미로 '극락왕생(極樂往生)' '시방왕생(十方往生)' 등이 있는데, 여기
   서는 전자에 가깝다고 할 수 있다. 한 인간이 죽은 뒤에 부처님의 선연(善緣)
   으로 극락세계에 도달함으로써 내생(來生)에 보다 좋은 인연을 만나 적어도
   '사람의 몸' 이상의 육도세계(六道世界)에 안주하게 되는 것을 의미한다.

極) 거리로부터는 서쪽, 슈샤쿠(朱雀) 거리로부터는 동쪽에 이르기까지 죽은 사람의 수가 너무도 많았다. 이를테면, 교토의 사쿄쿠(左京區) 길 곳곳에 굶어 죽은 사람은 모두 4만 2천 3백여 명이나 되었다.

게다가 최근 2개월 전후에 죽은 사람까지 더하면 그 수는 더욱 끝이 없을 것이다. 또, 가와라(河原), 시라가와(白河), 니시노쿄(西の京)와 그 밖의 근교를 더한다면, 정말 끝이 보이지 않을 정도였다. 하물며 교토에서 멀리 떨어진 나라 전체를 따진다면 죽은 사람의 수는 이루 말할 수 없으리라.

[제20단] 기근의 비참함 더 있을 수 없어

스우토쿠잉(崇德院)[39]이 재위(宰位)하던 때의 일인데, 그때는 조쇼(長承) 무렵에 해당된다. 이 같은 기근의 전례(前例)가 있었다고 들은 적은 있지만, 그때의 참상(慘狀)을 나로서는 알지 못한다. 이번 기근에 따른 비참한 상황은 내가 직접 목격한 일이기 때문인지 정말 세상에는 매우 드문 일이었다.

---

39) 스우토쿠 천황(서기 1123~1149년)이 퇴위(退位)한 뒤에 '~잉(院)'으로 불려졌다고 한다. 일반적으로 일본에서 '~잉(院)'은 퇴위한 천황이나 천황의 거처를 일컫는 말이었다.

6. 겐랴쿠(元曆)시대의 대지진(大地震)

[제21단] 바닷물이 육지 집어삼키고

또 같은 무렵의 일이었던가? 무시무시한 대지진이 일어나 땅
이 엄청나게 흔들린 적이 있었다. 그 흔들리는 방식을 말하자
면 예사로운 일이 아니었다. 산이 무너져서 강을 메워 버리고,
바다가 기울어서 바닷물이 육지를 삼키고 말았다. 땅이 갈라져
서 그 사이로 물이 솟아오르고, 커다란 바위가 깨어져 골짜기
로 굴러 들어갔다. 해안 가까이 노 저어 가는 배는 세찬 파도의
노리개가 되고, 길을 가는 말들은 휘청거리며 발 디딜 곳을 찾
지 못했다.

도시의 근교에서는 이쪽저쪽 할 것 없이 사찰의 법당이나 탑
이 큰 피해를 입어 어느 곳 하나 온전한 것이 없었다. 어떤 집

은 부숴지고 또 다른 집은 쓰러져 버렸다. 그 때문에 먼지나 재
가 뿌옇게 날아 마치 연기가 피어오르는 것 같았다. 대지가 흔
들리고 가옥이 무너져 내리는 소리는 우레 소리나 다름없었다.
집안에 있으면 눈 깜짝할 사이도 없이 눌려버릴 것 같았다. 밖
으로 뛰어 나가면 땅이 갈라져 쪼개지곤 했는데, 그렇다고 해
서 날개가 없으니 하늘로 날아갈 수도 없었다. 용(龍)이라면 구
름이라도 타겠지만 사람이니 그럴 수도 없었다. 무시무시한 것
중에서도 특히 두려워하지 않을 수 없었던 것이 바로 다름 아
닌 지진임을 뼈저리게 느낄 수 있었다.

[제22단] 세찬 흔들림 후에도 계속된 여진(餘震)

이처럼 세차게 흔들리는 것은 잠시 후에 그쳤지만, 여진(餘
震)이 자주 발생하는 게 예사롭지 않았다. 보통 때라면 그것만
으로도 깜짝 놀랄 정도의 여진이 하루에도 이삼십 번 가까이
없는 날이 없었다.

그러나 그것도 열흘이 지나고 스무날이 지나고 나니 간격이
겨우 뜸해져서 어떤 날은 네댓 번, 또 어떤 날은 두세 번, 어떤
날은 하루걸러 한 번, 어떤 날은 이틀 사흘 만에 한 번 꼴로 계
속되어 무려 석 달 동안이나 그 여진이 계속되었다.

[제23단] 불상(佛像) 머리 떨어지게 한 지진의 위력

불교에서 말하는 사대종(四大種)[40] 가운데 물과 불과 바람은 항상 해를 끼치지만, 대지(大地)만은 좀처럼 이변을 일으키지 않았다. 옛날 사이코(齊衡) 무렵[41]의 일이었던가?

대지진이 일어나 도다이지(東大寺)[42]에 있던 대불(大佛)의 머리가 떨어지는 등 매우 심각한 일이 있었다고 하지만, 그것조차도 이번 지진에는 미치지 못했다.

당장은 사람들이 어차피 저마다 허망함을 이야기하며, 얼마 동안은 세상살이 등에 아무 흥미를 갖지 않은 채 덧없음을 말하고 번뇌가 조금씩 엷어지는 듯하더니, 날이 가고 달이 가고 해가 지날수록 대지진으로 인하여 이 세상이 허무하다고 탄식(歎息)하는 사람은 차츰 줄어들었다.

---

40) 불교에서는 이 지수화풍(地水火風)을 우주의 4대 원소로 보고 있다. 그러므로 사람이 죽은 뒤에는 또 다시 이 4대 원소로 분해된다고 생각한다.
41) 분토쿠(文德) 천황의 시대인 서기 855년 무렵을 말한다.
42) 나라(奈良)에 있는 대규모 유명 사찰 중 하나이다.

7. 세간생활(世間生活)의 번뇌(煩惱)⁴³⁾

[제24단] 신분의 귀천으로 마음 고생 생기는 법

무릇 인간 세상이란 살아가기 어려운 곳이라, 자신의 몸뚱이 하나와 그 몸을 의탁해서 살아갈 집이 헛되고 덧없는 것은 지금까지 말한 여러 가지 재해로 생긴 것임을 나는 이제까지 말해 왔다.

하물며 처한 환경이나 신분의 귀천으로 마음을 괴롭히는 일은 또 얼마나 많으랴?

---

43) 제7장에서부터 저자 쵸메이는 점차 자신의 내면(內面)에 집중한다. 그런 만큼 세상(世相)의 모습과 자신의 내면세계에 관한 내용이 빼곡하게 드러나고 있다. 필자는 '제6장' 까지를 '전반부'로, 제7장으로부터 마지막 장까지를 '후반부'라 명명하고자 한다.

[제25단] 변두리에 살면 도둑맞을 일 없어

가령 자신이 사람 축에 들어가지 못하는 미천한 몸으로 지체 높고 권력을 가진 사람이 이웃에 산다면, 설사 마음속 깊이 기뻐할 일이 있어도 그대로 기분을 드러내어 마음껏 기뻐할 수 없다. 또한 슬픔이 뼈에 사무칠 때도 역시 큰 소리로 울 수 없다. 모든 행동을 머뭇거리며 자연스럽게 굴지 못하고 뭔가를 하는 데도 흠칫흠칫하는 모습이란, 직접 보고 있노라면 약한 참새가 사나운 매의 둥지에 가까이 다가가는 것처럼 두려운 일이다.

부잣집 옆에 사는 가난한 사람은 아침저녁으로 자신이 초라하다는 사실을 부끄럽게 여기고, 자기 집을 드나들면서도 옆집의 눈치를 봐가며 드나든다. 처자나 하인들이 옆집을 부러워하는 모습도 그렇고, 돈 가진 집에 사는 사람들이 업신여기는 소리를 듣는 데도 마음이 흔들려서 항상 편안하지 않다.

또 만일 집들이 꽉 들어 찬 곳에 살고 있으면, 근처에서 불이 날 때는 그 재난을 피할 수 없다. 그렇다고 변두리에 살면 시가지를 드나들기에 번거롭기도 하거니와 도둑맞을 위험도 크다. 또 권력이 있는 사람은 탐욕스러운 마음이 많고, 외로이 혼자 의지할 곳 없이 사는 사람은 남에게 업신여김을 받는다.

재산이 많으면 그것을 잃지 않으려는 걱정이 커지고, 가난하면 남을 원망하는 마음이 강해진다. 타인에게 의지하는 사람은 그 몸이, 자신의 것이 아니라 남의 소유가 되어 버린다. 반대로 자신이 타인을 돌보게 되면 그 사람들에 대한 애정에 끌려 마음의 자유를 누릴 수 없게 된다. 세상의 관습을 따르면 자주성을 빼앗겨 몸이 괴롭다.[44] 이에 따르지 않으면 마치 상식이 없는 미치광이처럼 보인다. 어떤 곳에 살 자리를 마련하여 어떤 일을 하면서 잠시라도 이 몸을 안주케 할 수 있으며, 단 한 순간이라도 마음의 불안을 안정시킬 수 있을 것인가? — 인간으로 태어난 이상 그렇게 될 것 같지는 않다.[45]

---

44) '세상에 순응하면서 사회의 관습에 거리낌 없이 조화를 이루어 나가자면'의 뜻이다. 이것은 요시다 켄코가 『쓰레즈레구사(徒然草)』 제75단에서 "세상일에 순응하며 살아가다 보면 마음은 세속의 티끌에 묻혀서 흐트러지기 쉽고, 다른 사람들과 사귀게 되면 남을 의식하여 자신의 참마음을 말하지 못할 때도 있다"고 한 부분과 상통한다.
45) 이렇게 초메이는 당시 인간사를 비교적 염세적으로 보았다. 이로 인하여 그의 가슴속에는 소위 '번뇌'가 끊이지 않았던 듯 하다.

8. 출가(出家) · 둔세(遁世)와 방장(方丈)의 암자

[제26단] 서른 살 지내고 집 한 채 지어

내 생애, 그것은 이런 식이었다. 먼저, 아버지 쪽의 친조모의 집을 이어받아 오랫동안 그곳에 살고 있었다. 그랬는데, 그 뒤에 인연[46]을 잃어 형편없는 처지가 되니 그렇게 생각되는 추억은 이것저것 많아도, 결국 그 집에서조차 머물러 살 수 없게 되었다.

서른을 넘기고 새롭게 스스로 마음먹고 움막이나 다름없는 집[47] 한 채를 지었다. 이 집을 예전의 집과 비교한다면 겨우 십

---

46) 여기서 '인연'이란 저자의 친가(親家) 쪽의 혈통과 관계가 있는 표현으로 해석된다.

47) 초메이가 서른 살이 되던 해는 1184년이다. 당시 고작 서른 살이 넘어 '암자(庵子)'를 한 채 지었다는 것은, 저자가 본격적으로 출가하기 이전에 세속과

분의 일이나 되는 아주 작은 것이다. 그저 아침에 기침(起寢)하
여 살만한 집을 그럭저럭 짓기는 했으나, 제대로 이모저모 갖
춰야 할 부속 가옥까지는 지을 수 없었다. 겨우 흙 담을 쌓기는
했지만, 문을 세울 자금이 없었다.

임시로 대나무를 기둥 삼아 만든 곳간 같은 곳에 수레를 들여
놓았는데, 눈보라가 치고 바람이 불 때마다 마음이 여간 조마
조마 하지 않았다. 게다가 장소가 가모가와라는 강에 가까웠으
므로 수해의 위험도 크고 도난에 대한 걱정도 날로 늘어나 마
음이 편안하지 않았다.

[제27단] 쉰 살 봄에 출가

살기 힘든 이 세상을 나는 그럭저럭 견뎌내며 살아왔다. 이것
저것 마음을 스스로 위로하면서 살아온 지도 그럭저럭 삼십 년
이나 되었다. 그런 동안, 그때그때의 실수(失手)랄지 잘못에 의
해 자연과 자신이 불행한 운명에 처해 있음을 깨닫게 된 셈이
다.

그래서 쉰 살[48]의 봄을 맞아 집을 떠나 와 세상을 등짐으로써

멀리 떨어진 곳에 초목(草木)으로 아주 보잘것없는 '움막' 같은 임시 거처를
말한다.
48) 초메이는 쉰 살이 되던 서기 1204년에 출가를 결행했다. 이 해에 그는 가와
이진쟈(河合神社)의 신관직(神官職)을 둘러싸고 경합을 벌였으나 이기지 못

출가둔세(出家遁世)해 버렸다.

나에게는 본래부터 처자(妻子)가 없으니[49] 차마 떨치지 못할 식솔(食率)도 없다. 또 나에게는 관위(官位)나 봉록(俸祿)도 없다. 그러니 도대체 무엇에 집착하겠는가? 집착할 만한 것은 아무 것도 없다. 그래서 하릴없이 오하라(大原)[50]라는 산 속에서 머물고 있을 뿐이다.

얻고자 하는 것이라고는 아무 것도 없다. 그런 마음으로 다섯 해의 세월을 구름 속에 숨어살면서 보냈던 것이다.

[제28단] 예순 살 되고 보니 허망한 생애

그런데, 이젠 드디어 예순 살[51]이라고 하는 기막히게 허망한

하게 되는 등의 이유로 출가를 단행, 오하라(大原)에서 약 5년 동안 은둔하였다. 이후 그는 출가생활이 계속되었고 나머지 생을 방장암(方丈庵)에서 보내게 되었던 것이다.

49) 원래부터 초메이에게는 처자가 없었다는 의미로 해석되는 부분이다. 아직까지 그가 결혼했는지를 확인할 만한 자료는 불명(不明)한 입장이다.

50) 교토 북방에 있는 산간지방을 가리킨다. 이 지명이 교토 북방만 해도 두 곳이 있는데, 아직도 초메이가 머물렀던 확실한 지역은 확인되지 않고 있다. 아무튼 이곳에서 그는 본격적으로 출가하기 전 약 5년 동안 은둔생활을 했다고 하는데, 당시 귀족들은 대체로 이곳에서 은거하곤 했다고 전해진다.

51) 초메이는 그의 나이 54세였던 1208년에 오하라에서 히노야마(日野山)로 이주하여, 방장암(方丈庵)을 짓고 지내기 시작했는데, 이 해를 그의 본격적인 출가생활의 첫해로 보는 학설이 주류를 이룬다. 그는 이곳에 와서 57세인 1211년에 자신의 첫 번째 저서인 가론서(歌論書)『무묘쇼(無名抄)』를 집필했고, 58세가 되던 1212년 3월 하순에 수필집『호죠키(方丈記)』를 완성했으

생애의 만년(晚年)을 맞으면서, 다시금 새삼스레 여생을 맡기기 위한 조그만 집을 마련하게 되었다. 비유하자면, 나그네가 하룻밤만을 묵을 임시 거처를 지은 것이다. 이는 완전히 익어 버린 늙은 누에가 열심히 누에고치를 만드는 것과 같은 일이다.

이 집을 내가 예전에 지은 집 — 삼십대 중반 무렵에 가모가와 근처에 있던 가와라(河原)라는 곳에 지었던 집 — 과 비교한다면 이번엔 더 좁아져서 그 작은 집의 백 분의 일에도 미치지 못한다. 이처럼 그럭저럭 하릴없이 지내는 사이에 나이는 해마다 많아지는데, 살아갈 집은 이사할 때마다 좁아진다. 이번의 집 모양은 세간의 보통 집과 닮은 점이라고는 전혀 없다. 집의 넓이는 겨우 일장사방(一丈四方)이고, 높이는 일곱 자에도 미치지 못한다.

나는 마지막 생을 여기서 눌러 살 것만은 아니어서, 사는 곳을 어디라고 마음먹고 정하지 않기 때문에 미리 택지를 골라 집을 짓는 등의 일상적인 일은 하지 않는다. 그저 나무 기둥에 토대(土臺)를 쌓고 간단하게 지붕을 이으며, 나무와 나무의 이음새에는 고리를 걸어 놓았다.

이런 생각을 하게 되는 것은, 만일 이 집을 받치고 있는 땅이 마음에 들지 않으면 쉽게 다른 곳으로 거처를 옮기기 위해서

며, 그로부터 2년 뒤 60세이던 1214년에 설화집(說話集) 『홋신슈(發心集)』를 집필했다.

다. 이런 집이기에 그것을 다시 짓는 데에 무슨 번거로움이 있
겠는가? 귀찮은 일이란 아무 것도 없다.

수레에 쌓으면 겨우 두 대 분이고, 수레를 끄는 사람에게 운
반비를 지불하는 외에 다른 비용이 전혀 들지 않아서 좋다.

9. 히노야마(日野山)초암생활(草庵生活)의 여러 모습

[제29단] 출가 후 방장암에서의 나날

지금[52] 히노야마(日野山)[53] 깊은 곳에 자취를 감추고 살면서부터 암자의 동쪽에 석 자 남짓한 처마를 매달고, 그 밑에 장작을 때며 밥 짓는 곳으로 삼았다. 남쪽에는 대나무로 만든 툇마루를 만들어 놓고, 그 툇마루 서쪽 끝에 아카타나(閼伽棚)[54]를 설치하고, 실내는 서북쪽 부분에 칸막이를 해서 아미타불의 불

---

52) 방장의 암자를 지은 날 전후를 말한다.
53) 교토시 후시미쿠 히노쵸(伏見區 日野町) 동쪽 일대에 이어지는 산을 가리킨다. 그 산기슭에는 822년에 창건된 호카이지(法界寺)가 있는데, 당시에는 천태종(天台宗), 현재는 진언종(眞言宗) 다이고지(醍醐寺) 파(派)에 소속되어 있다. 이 호카이지 안쪽 일대의 산을 히노야마(日野山)라 한다.
54) 불상(佛像) 앞에 놓는 정수, 꽃, 불구(佛具) 등을 놓아두는 상(床)이나 선반을 말한다.

상을 안치하고, 그 옆에 보현보살(普賢菩薩)의 회상(繪像)을 걸고 그 앞에《법화경(法華經)》을 놓았다.

동쪽 끝에는 고사리 싹이 웃자란 것을 말려 자리에 깔아 푹신한 잠자리로 삼았다. 서남쪽에는 대나무 선반을 만들어서 검은 가죽을 입힌 고리짝 세 개를 얹어 놓았다. 여기에는 '와카'와 음악에 관한 책과《오조요슈(往生要集)》같은 책들의 초록을 적어 넣어 두었다. 그 옆에 거문고와 비파를 각각 한 개씩 세워 두었다. 즉 간단하게 접을 수 있는 거문고와 자루가 분리되는 비파 같은 것들을 놓아두었다.

내가 지금 살고 있는 임시 거처인 암자의 모습은 이와 같은 것일 뿐이다.

[제30단] 서방정토극락 염원

방장(方丈)[55]의 암자가 자리한 곳의 모양을 말해 본다면, 남쪽에 물을 끌어오는 홈통이 있다. 바위를 엮어 세워 물이 고이도록 해 두었다. 숲이 암자 가까이에 있기 때문에, 땔감 삼을만한 잔가지를 줍기에는 불편함이 없다.

---

55)『유마경(維摩經)』에 나오는 '유마힐(維摩詰)'이라는 사람으로서, 석가와 같은 시대에 태어나 수행했던 인도의 수행승을 말하며, '정명거사(淨名居士)라 고도 일컬어진다. 이는 당시 사방십척(四方十尺)의 석실(石室)을 짓고 수행했다고 하는 데서 유래된 말이다.

이 부근의 지명을 도야마(外山)⁵⁶⁾라고 한다. 사철나무 넝쿨이 우거져 사람들이 지나다닌 흔적이라곤 없을 정도로 길을 덮고 있다. 계곡에는 나무가 우거져 있지만 서쪽은 확 트여 있다. 그러기에 서방정토극락(西方淨土極樂)⁵⁷⁾을 염원(念願)하는 데 안성맞춤이다.

봄에는 하늘하늘한 등나무 꽃을 본다. 그것은 마치 아미타불이 오실 때⁵⁸⁾의 보라색 뭉게구름처럼 서쪽에 아름답게 피어 있다.

여름에는 두견새 소리를 듣는다. 그 소리를 들을 때마다 피안(彼岸)으로 가는 산길의 길잡이가 되어 달라고 굳게 약속을 해둔다.

가을에는 쓰르라미 소리가 가득하고도 가깝게 들려온다. 그 소리를 들을 때마다 속절없는 이 세상을 슬퍼하듯이 구슬프게 들린다.

겨울에는 하얀 눈을 지그시 바라본다. 눈이 쌓였다가 녹기를 반복하는 모습은, 마치 인간이 저질렀다가는 참회해서 거듭나고 그러다가는 다시 범하는 죄업의 생멸(生滅)과 같다.

---

56) 초메이가 출가하여 지었던 방장이라는 암자가 있던 지역의 명칭이며, 히노야마 옆에 있는 산 일대를 가리킨다.
57) 당시 불교에서 이상세계로 여기는 극락세계(極樂世界)가 지구의 서쪽에 있다고 생각하고 이렇게 불렀다. 이곳에 도달하기 위해서는 염불수행에 의해 가능하다는 학설이 짙다.
58) 염불왕생(念佛往生)한 아미타불이 수많은 보살(菩薩)을 거느리고 죽은 사람들을 데리러 마중 나오는 일에 관한 정황을 표현한 것이다.

때때로 염불하는 것이 귀찮아지고, 불경을 읽는 일에도 마음
이 내키지 않을 때는 스스로의 생각대로 게으름을 피우기도 한
다. 그래도 게으름을 피워서는 안 된다고 방해하는 사람도 없
고, 또 그것을 부끄럽게 생각해야 할 다른 사람이 있는 것도 아
니다.

일부러 무언행(無言行)을 하지 않아도 단지 홀로 지내니까
말로 짓는 죄가 없어서 그만이다. 반드시 엄격하게 계율을 지
키지 않는다 해도 계율을 어기게 하는 환경이 주위에 없으니
어떻게 그 계율을 어길 수 있겠는가?

"흘러가는 배 뒤에 펼쳐지는 하얀 물결조차 순식간에 사라져
버리는 허무하기만 한 일에 이 내 몸을 견주어 보며 깊이 시름
에 잠긴다."

가끔 이런 생각이 드는 아침에는 오카노야(岡の屋)⁵⁹⁾ 주위를
오가는 배를 바라보고 만샤미(滿沙彌)⁶⁰⁾의 운치를 흉내 내고
또 시를 읊는다. 단풍에 부는 바람이 그 잎을 살랑살랑 흔드는

---

59) 교토시 후시미쿠의 우지가와(宇治川)의 연변 지역을 말하는데, 문장으로 볼
　때 이 '오카노야' 인근에 있는 '우지가와'로 왕래함을 의미한다.
60) 이는 '만제이샤미(滿誓沙彌)'의 약어(略語)인데, 여기서 '샤미'란 불문(佛門)
　에 들어와 삭발(削髮)하고 '사미계(沙彌戒)'를 받아 사원에서 수행중인 승려
　를 말한다. 그러나 당시 일본에서는 그런 승려 가운데서도 사원에 머물지 못
　하는 신분을 말하며, 그들은 가정이 있어 처자와 세속생활을 했다.

저녁 무렵에는 백락천(白樂天)이 심양강(潯陽江)에서 비파 소리를 들었던 고사를 상상하며 가쓰라 다이나곤(桂大納言)[61]인 미나모토노 케이신(源經信)을 흉내내어 비파를 연주하곤 한다.

만일 그래서 솟구쳐 오르는 흥취가 가라앉지 않을 때는, 몇 번이고 솔바람 소리에 맞추어 추풍락(秋風樂)[62]을 타 보기도 하고, 계곡을 흐르는 물소리에 맞추어 비파로 유천곡(流泉曲)을 불어 보기도 한다.

이런 곡들은 어려운 것이어서 나의 실력으로는 정말 졸렬하기 이를 데 없지만, 다른 사람에게 들려주어 기쁘게 하려고 하는 것은 물론 아니다. 그러므로 나 혼자 비파를 타고 나 혼자 비파 소리에 맞춰가거나 나 자신과 나의 마음을 위로할 뿐이다.

[제31단] 쓸쓸할 때는 아이와 벗 삼고

또 이 산기슭에 한 채의 초라하고 작은 초가(草家)가 있다. 그것은 이 산의 산지기가 머무는 곳이다.

---

61) 이는 '미나모토노 케이신'을 가리키며, '계(桂)'는 '풍(楓)'의 예스런 표현으로 '단풍'을 의미하는데, '카쓰라 다이나곤'이라는 사람은 카쓰라 풍의 비파로 유명했다고 전해진다.
62) 초메이가 이 같은 심정을 품고 살아갈 당시에 사용되던 악기의 일종으로 추정된다.

그곳에 조그만 사내아이가 있다. 그 아이는 가끔씩 나를 찾아와 얼굴을 내민다. 만일 아무 할 일도 없이 무료하고 쓸쓸할 때는 이 아이를 동무 삼아 함께 이리저리 돌아다닌다. 그 아이는 열 살이고, 나는 예순 살이다. 나이 차이가 제법 있지만, 산보하며 즐기는 그 자체는 친구로서 마음의 위안을 받기에 서로가 매 한가지다.

어느 땐가 봄날에는 띠 뿌리[63]를 뽑기도 했고, 여름에는 바위에 붙어 있는 열매 같은 것을 따기도 했으며, 가을에는 동글동글한 작은 열매를 비틀어 따기도 하고, 겨울에는 미나리를 뽑기도 했다.

때로는 산길에 붙어 있는 논에 가서 이삭을 주워 볏단을 만든다. 만일 날씨가 좋아지기라도 하면[64] 산꼭대기에 올라 멀리 보이는 고향인 도회지[65]의 하늘을 내려다보며, 고하타산(木幡山)[66] · 후시미 마을(伏見の里) · 도바(鳥羽)[67] · 하츠카시(羽束師)[68] 등 경치 좋은 곳을 바라보기도 한다.

---

63) 봄철에 강변 등에서 자라는 잔디와 같은 풀뿌리를 가리킨다.
64) 오늘날도 마찬가지이지만, 당시 교토의 날씨도 곧잘 궂었었다. 이로 인하여 대다수의 사람들은 쾌청한 날을 학수고대하며 지낸 것으로 추정된다.
65) 헤이안쿄를 가리킨다.
66) 교토시 후시미쿠에 있는 후시미 성산(城山)으로, 오늘날 우지시(宇治市)에 편입되어 있는 코하타산을 말한다. 그런데 이를 비롯한 아래의 세 곳의 지명은 초메이가 산꼭대기에 올라 멀리 바라볼 수 있는 경험을 감흥(感興)하는 심경으로 기술한 것으로 보인다.
67) 카쓰라가와(桂川)의 좌안(左岸)을 말한다.
68) 카쓰라가와의 우안(右岸)을 말한다.

이런 풍광이 좋은 곳도 본래 주인이 있는 게 아니어서, 내 마음대로 바라보면서 마음을 달래는 데 누구에게도 방해나 지장을 주지 않는다.

걷기에 길이 좋아서 멀리까지 가보고 싶은 마음이 들 때는, 여기서 즉시 능선을 따라 스미야마(炭山)[69]를 넘고 가사토리(笠取)를 지나서 이와마데라(岩間寺)에서 참배하거나 이시야마데라(石山寺)에서 불공을 올린다.

어떤 때는 또 아와즈들판(粟津の原)을 가로질러 비파의 명인인 세미마로(蟬丸)[70]의 유적을 찾기도 하고 다나카미가와(田上川)를 건너 사루마루다이후(猿丸大夫)[71]의 묘를 찾기도 한다.

돌아오는 길에는 철따라 핀 벚꽃을 보기도 하고 주홍빛으로 물든 단풍을 찾아보기도 하며, 여린 고사리를 꺾거나 토실토실한 각종 열매를 줍기도 하여, 이것들을 불전(佛前)에 올리고 또 한편으로는 선물 삼아 집으로 가져오기도 한다.

밤이 되어 마음이 적적해지면 창가에 비치는 달을 바라보며, 옛 친구들을 그려보고 원숭이 울음소리에 눈물을 흘려 소매 자락을 적신다. 풀잎의 반딧불은 멀리서 빛나는 마키섬(槇の島)[72]의 화톳불처럼 보이기도 하고, 새벽녘의 빗소리는 마치 나

---

69) 후시미 성산 주위에 있는 작은 능선을 가리킨다.
70) 출생불명의 비파의 명수라는 학설이 짙다.
71) 헤이안 초기의 가진(歌人)으로서 서른 여섯 명의 가선(歌仙) 가운데 한 사람이다.
72) 우지시(宇治市)에 편입되어진 우지가와(宇治川) 좌안(左岸)의 땅으로, 빙어

뭇잎에 부어대는 거센 바람소리처럼 들리는 때도 있다.

산새가 쨱쨱거리며 지저귀는 울음소리라도 듣게 되면 돌아가신 아버지 음성인가 어머니 음성인가 하며 나 자신의 귀를 의심한다. 산 속에만 사는 사슴 같은 날짐승들이 낯이 익었다고 가까이 다가오는 것을 보게 되면, 이 몸이 참으로 사람들이 사는 마을에서 어지간히도 깊숙하게 들어와 살고 있음을 실감하게 된다.

어떤 때 한밤중에는 화로에 묻어둔 숯불을 쑤석거려 불을 켜고 밤잠 적은 이 늙은이가 잠이 깨었을 때 쓸쓸함을 위로하는 벗으로 삼는다. 으스스한 심산유곡(深山幽谷)은 아니라서 부엉이소리도 무섭게 들리지 않고 오히려 가엾게 들리는 셈이다. 이에 대해서도 산 속의 정취는 철 따라 끝없이 변화를 가져오며 흥미 또한 다함이 없이 좋기만 하다. 내가 이렇게 느끼고 있다고 생각되는 순간, 나보다 더욱 생각이 깊고 높은 식견을 갖고 있는 사람은 내가 느낀 것보다 틀림없이 더 깊은 감동을 받들 것이다.

(氷魚)의 명산지로서 알려져 있다.

10. 초암생활을 통한 반성(反省)

[제32단] 소라게는 소라 속에 사는 것 좋아하는 법

애당초 이곳에 살기 시작할 무렵에는 그저 잠시 동안만 살 것이라고 생각했었는데, 어느 새 다섯 해가 쏜살같이 지나가 버렸다. 임시로 살려 했던 이 암자가 이젠 익숙해진 고향집처럼 살기 편한 곳이 되었다.

처마에는 썩은 낙엽이 수북하게 쌓여 있고 토방에는 이끼가 끼어 있다. 우연히 어떤 사람에게서 헤이안쿄의 소식을 들으니, 내가 이 산에 틀어박혀 살게 된 이후에 지체 높은 사람들 중에 돌아가신 분도 많다고 한다. 그러니 지체 낮은 사람들이 죽어간 수를 파악하는 일은 거의 불가능할 것이다.

그러므로 잦은 화재로 불에 타서 없어진 집은 또 얼마나 많을까?

그저 임시로 지은 이 암자에서 지내고 있노라면 아무런 걱정이라고는 없는 것처럼 느껴진다. 이 암자의 넓이가 비록 좁다 해도 밤에 누울 잠자리가 있고 낮에 앉을 자리도 있다. 내 몸 하나 머무는 데 부족함이란 전혀 없다.

소라게는 조그만 소라에 몸을 담는 것을 좋아한다. 그것은 곧 닥쳐올 위험을 알고 있기 때문이다. 물수리는 인가에서 떨어진 바닷가에 붙어산다. 물수리는 사람이 다가오면 곧바로 두려움을 느끼기 때문이다.

나 또한 소라게와 물수리와 마찬가지다. 도시에 사는 아슬아슬함을 알고 세상의 덧없음을 알았으므로, 세속의 원망을 마음에 간직하지 않고 악착스러워하지도 않는다. 그저 한가함 속에 조용히 지내는 것을 소중하게 생각하는 것은 근심 없는 나날을 즐거움으로 삼고 있기 때문이다.

대체로 세상의 모든 사람들은 반드시 자신의 안위만을 위해서 집을 짓는 것은 아니다. 어떤 경우에는 처자(妻子)와 후손(後孫) 위해서 짓고, 어떤 경우에는 친한 사람이나 친구를 위해서 짓기도 한다. 또 어떤 경우에는 주인이나 스승, 그밖에 재산이나 소와 말을 위해서까지 집을 짓는다.

그렇지만, 나는 지금 나 자신을 위해 이 암자를 지었다. 남을 위해서 지은 게 아니다. 그 이유는, 요즘 세상이 돌아가는 정황이나 나 자신의 형색으로 볼 때, 생활을 함께 할 처자가 있는 것도 아니고 부려 쓸 머슴이 있는 것도 아니기 때문이다.

　임시로 짓는 것이지만 설사 넓게 짓는다 할지라도 누구를 머물게 하고 나아가 누구를 살게 할 것인가? 나에게는 그런 사람이란 한 명도 없다.

[제33단][73] 자신을 머슴 삼으면 마음 편해져

　대개 사람들이 친구라는 관계를 맺는 것을 보면, 부유한 사람을 소중히 여기고 표면적으로라도 붙임성이 있는 사람과 먼저 친해지곤 한다.[74] 반드시 우정이 있거나 솔직한 사람을 좋아하는 것은 아닌 듯하다. 그럴 바에는 친구를 사귀려 들지 말고, 노래나 계절의 풍물을 친구로 삼는 것만 못하다. 머슴은 은전(銀錢)을 만족스레 베푸는 사람을 좋아하고, 물질적으로 후한 사람을 제일로 꼽는다. 그러니까 그저 자기 자신을 머슴으로 삼

---

73) 이 단은 순수한 '고본 계통(古本 系統)'의 작품에는 없는 내용이다. 그러므로 '고본 계통'과 '유포본 계통(流布本 系統)'의 연결 고리를 보여주는 제전본(諸伝本)에 의해 그 삽입(挿入)된 상태를 파악할 수 있다. 더 구체적으로 말하자면, '나고야본(名古屋本)'에는 여백으로 남아 있고, 야나세본(簗瀬本)에는 본행(本行)에 포함되어 있다. 이 한 단이 저자가 죽은 뒤에 삽입되었음은 서사의 형식만이 아니라 문장 그 자체로부터도 파악할 수 있다. 즉, 제33단과 제34단 사이에 이 한 단이 들어 있음은 매우 구체적인 서술의 접속을 통해 추상적이며 관념적인 요약으로 이 단의 앞뒤를 나누고 있기 때문이다.
74) 이 문장은 일반적으로 『치테이키(池亭記)』의 "人之爲友者, 以勢以利, 不以淡交, 不如無友"를 변형한 것으로 보는 학설이 짙다.

는 것이 제일 좋은 것이다.

그러면 어떻게 자신을 머슴으로 삼는가?

그것은 만일 반드시 해야 할 일이 있을 때면 자기 몸으로 직접 하는 것이다. 물론 몸이 피곤하여 귀찮은 생각이 들겠지만, 남을 부리고 보살펴 주어야 하는 것에 비하면 차라리 마음이 편하다.

만일 어디에 다녀와야 할 일이 있으면 자기 발로 걷는다. 그러면 물론 피곤하기는 하지만, 말이나 안장, 소와 수레 같은 것을 마련하고 준비하는 일에 허둥대는 것보다는 낫다.

이제는 하나뿐인 자기 몸을 나누어서 손과 발을 두 가지 용도로 쓰게 한다. 손이라는 머슴과 발이라는 탈 것 이 두 가지는 정말로 내 마음대로 얼마든지 할 수 있어 흡족하기 이를 데 없다.

몸은 마음의 괴로움을 알고 있기에 괴롭다고 생각될 때는 쉬게 할 수 있을 것이고, 마음이 잘 내킬 때에는 두 손과 발을 사용하기만 하면 된다. 그렇다고 너무 자주 사용해서 도를 넘어서는 안 된다. 몸에 기운이 없어 무겁게 느껴지면, 일하지 않더라도 마음이 몸의 괴로움을 잘 알기 때문에 마음을 안달하지 않는다. 더구나 늘 걷고 항상 일하는 것은 천성을 길러 건강을 증진시키는 데도 좋은 셈이다.

어찌 하릴없이 앉아서 쉬려고만 할 것인가?

남을 괴롭히는 것은 많은 죄를 짓는 행위이다. 어찌 남의 힘 같은 것을 빌리려 하는지 모를 일이다.

입을 옷이나 먹을 식량 등에 대해서도 마찬가지다. 칡으로 만든 보잘것없기만 한 옷가지나 마포(麻布)로 만든 침구 같은 것들이 주변에 있어 손에 닿는 것만으로 살갗을 가린다. 들판의 쑥부쟁이나 산등성이의 나무열매 같은 것을 먹으면서 연명할 수도 있는 것이다.

본래 남과 교제도 하지 않기 때문에, 초라한 내 모습을 사람 앞에 드러내어 부끄럽다고 후회하는 일도 없다. 먹거리가 부족하면 하잘것없는 것이라도 자신의 노력에 상응한 특별한 선물이라고 생각하면서 먹으면 맛있기만 하다.

이런 즐거움은 부유한 사람을 향해서 들으라고 하는 것이 아니다. 그저 내 한 몸으로 어려운 생활을 겪어본 뒤에 옛날과 지금의 처지를 비교해 보고 있을 뿐이다.

내가 스스로 출가하여 세상을 떠난 후로는 도대체 남에 대한 원망도 없고, 세상사를 두려워할 일도 없다. 내 생명은 천운에 맡겨진 것이라서 아껴 오래 살려고 생각하지도 않고, 살아있음이 싫어져 일찍 죽으려는 마음도 없다.

이 한 몸은 하늘의 뜬구름과 같아서 딱 들어맞지도 않고 부족하다고 생각되지도 않는다. 내 한 평생의 즐거움은 선잠을 자고 있는 듯 가볍기 그지없으며, 이 세상의 희망은 사계절을 통한 그때 그때의 아름다운 자연의 풍광(風光)을 보는 일과 같은 것일 뿐이다.

11. 초암생활의 한가로움[75]

[제34단] 삼라만상(森羅萬象)은 마음먹기에 달려

모름지기 삼계(三界)[76]라 일컬어지는 이 세상의 삼라만상(森

---

75) 초메이는 여기에서부터 본격적으로 자신의 초암생활을 완결 짓는 심경을 드러내고 있다. 그의 5년 간에 걸친 출가수행자로서의 노력과 정진(精進)은 결국 이 심경을 얻기 위한 도정(道程)이었다 할 수 있다. 즉 그는 자신을 확립하고 보지(保持)하여 얻은 '한거(閑居)의 정취(情趣)'에 만족하고 거기에 아무런 방해가 없는 참된 삶의 보람을 발견하고 있다고 할 수 있다. 이 '한거의 기미'는 '히노야마' 방장의 임시적인 주거에서 얻게 된 기쁨이고 즐거움이라 할 수 있으나, 이런 느낌이나 감상은 어디까지나 외부적이고 환경적인 조건에 의한 것이라고 추정된다.

76) 불교에서는 「①욕계(欲界) : 음욕(淫慾)과 식욕(食慾)을 지니고 있는 중생들이 사는 곳 ②색계(色界) : 욕계 위에 존재하는 음욕과 식욕을 떠난 중생이 사는 곳」이 있다고 보고 있다. 이 계(界)에 있는 물건은 모두 특히 묘하고 정교하기 때문에 색계라고 명명한다. 또한 「③무색계(無色界) : 색계 위에 존재하는 계가 있는데, 거기에는 색(色) 즉 물질적인 것은 전혀 없고, 단지 심식(心

羅萬象)은 그저 마음먹기에 달려 있다.

그러기에 마음이 평온하지 않으면 코끼리나 말이나 칠보(七寶) 등과 같이 기막히게 좋은 것이 있다 할지라도 아무런 도움이 되지 못하고, 관전(官殿)이나 누각(樓閣)과 같이 제 아무리 훌륭한 건물도 딱맞게 마음에 들지 않는다.

지금 나는 이 한 몸만을 머물 수 있는 단 한 칸의 한적한 초가에 살고 있다. 이는 단지 한 순간 머물 암자에 지나지 않지만, 나 스스로 이를 사랑하고 있다.

어쩌다가 가끔 도회지에 나가면[77] 내 몸이 걸식하는 사람처럼 보이지나 않을까 하는 마음에 부끄럽게 생각한 적도 있다. 그러나 도회지에서 되돌아와 이 암자에서 지내는 중에 간혹 세속 사람들의 명예나 이익 따위에 마음을 빼앗기곤 했던 적이 있어 때로는 자신을 가엾게 여기곤 한다.

만일 누군가 내 말이 의심스럽다고 생각된다면, 예컨대 저

識)을 가지고 깊고 묘한 선정(禪定)에 주하는 곳」등의 세 가지를 '삼계'라고 일컬어 왔는데, 이는 특히 헤매는 범부(凡夫)가 생사(生死)·왕래(往來)하는 세계를 말한다.

이에 대한 구체적인 증거로 사이초(最澄)의 『修禪決』이나 『觀心略要集』등에 간혹 『華嚴經』에 있는 '게(偈)'라 하면서 "三界唯一心, 心外無別法, 心佛及衆生, 是三無差別"을 드는 경우가 있는데, 사실 『華嚴經』에는 이상과 같은 '게'가 없어 잘못된 것으로 보인다. 물론 위의 두 책에는 비슷한 글귀가 실려있기는 하다.

77) 저자 초메이는 가끔 헤이안쿄에 간다고 밝히고 있는데, 이는 헤이안쿄(교토)와 같은 도회지에 가서 생활에 필요한 쌀이나 소금 등과 같은 생필품을 얻기 위함이며, 어쩌면 저자가 소유하고 있었을 법한 토지에서 나오는 수입을 거두기 위해서였던 것으로 보인다.

'물고기'나 '새'의 모습을 보라! 물고기는 언제나 물에 살면서 싫증내는 일이 없다. 그렇다고 해도 물고기가 아니면 그 기분을 전부 알 수는 없다.[78] 새는 숲 속에서 살기를 바라지만 새가 아니면 그 마음을 알지 못한다.

   내가 머물고 있는 한적한 곳에서 지내는 절실한 기분도 마찬가지다. 살아 보지 않고 그 누가 이 좋은 기분을 확실하게 안다고 할 수 있겠는가? 어느 누구도 이런 마음을 알 리가 없다.

---

78) 이 말의 출전은 『莊子』 외편 「秋水第十七」의 마지막 부분에 "莊子 曰, 子非我, 安知我不知魚之樂"의 전후로 보인다.

12. 초암생활의 부정(否定)[79]

[제35단] 집착은 왕생(往生)하는 데 큰 장애물

그런데 과거를 돌이켜 보니, 내 생애는 이미 달이 서산(西山)에 기운 것 같다. 이처럼 남은 수명이 산등성이에 걸쳐 있는 듯한 느낌일 뿐이어서 실로 얼마 남지 않았다는 생각이 든다. 지금 금방이라도 저승인 삼악도(三惡道)[80]에 떨어지려 하고 있다.

---

79) 초메이의 '한거의 정취'는 외부적이고 환경적인 조건에 제약을 받고 있었지만, 그는 그런 조건에서 벗어나려고 하지 않았으며, 제12장에서는 마음속의 내적인 자기관조(自己觀照)나 자기성찰(自己省察)의 엄격함이 엿보인다. 이 때문에 그는 비록 사찰이나 불교적 교육기관 등에서 특별한 불교적인 가르침을 받지 않았음에도 간혹 '완전한 출가'를 결행한 사람으로 평가받기도 한다. 그러나 대체로 현실 도피적인 면이 있어 '불완전한 출가'라고 폄하되기도 한다.

80) '삼악취(三惡趣)'라고도 한다. 살아있는 사람이 자신이 행한 악행(惡行)과 악

이제 와서 무엇을 한탄하고 푸념하겠는가?

부처님께서 우리들에게 가르치신 가장 소중한 것은 무엇에든 집착하는 마음을 가져서는 안 된다는 것이었다.

그렇다면 지금 내가 이 초가 암자를 사랑하는 마음도 죄가 될 것이다.

이 한가롭고 조용한 생활에 집착하는 것도 왕생(往生)하는데 장애가 될 것이 분명하기 때문이다.

어찌 아무런 도움도 되지 않는 즐거움을 장황히 늘어놓으며, 생의 마지막에 얼마 남지 않은 아까운 시간을 허비하려 하겠는가? 정말이지 그럴 수는 없다.

[제36단] 오직 아미타불(阿彌陀佛) 부르며 염불 뿐

고요한 새벽녘에 이런 이치를 곰곰이 생각하면서 나 스스로의 마음을 향해 자문(自問)해 본다.

'초메이'야! 네가 세속을 등지고 이 산림에 은거한 것은 어지러운 마음을 가다듬어 불도(佛道)를 수행하기 위해서였다. 그

업(惡業)에 따른 악과(惡果)를 받음으로써, 사후(死後)에 이르게 되는 3종(種)의 「지옥(地獄)·악귀(惡鬼)·축생(畜生)」을 의미한다. 따라서 이는 윤회(輪回) 가운데 3종의 세계라고도 할 수 있다.

런데도 너의 '렌인(蓮胤)[81]' 겉모습은 청정한 승려가 되어있을 지 몰라도, 마음은 진흙탕에 물들어 있는 모습 그대로다.

거처는 마치 위대한 정명거사인 유마힐이 만든 방장(方丈)의 소실(小室)을 흉내 내고 있지만, 거기서 네가 하고 있는 일은 아무리 생각해 봐도 주리반특(周利槃特)[82]의 수행에도 미치지 못하고 있지 않는가? 도대체 어찌하여 이렇게 하고 있느냐? 무엇이 이렇게 만들었단 말이냐? 어쩌면 이것은 숙업(宿業)의 과보(果報)로 받은 빈천(貧賤)이 네 자신을 괴롭게 하는 것이 아니고 또 무엇이랴? 아니면 무분별한 분별심이 어중간한 지성을 얻은 끝에 미쳐버리게 한 것인가? 자! 어떠냐!?

그러나 이와 같이 강하게 자문했을 때, 내 마음은 전혀 뭐라고 대답할 수 없었다.

남은 방법은 한 가지 뿐이다. 단지 더럽혀진 혀의 힘을 빌어서 말해 본다면, 감히 바랄 수도 없는 아미타불을 맞이하는 마음으로 봉청(奉請)의 의례(儀禮)도 가지런히 할 시간이 없이[83]

---

81) 초메이가 출가한 뒤의 법명(法名)이다. 여기서 '렌인'은 정토교(淨土敎) 신자임을 나타내려는 것이라는 해석이 일반적이다. 단, 여기서 "소몬(桑門)의 렌인"이라고 한 것은 초메이가 둔세자(遁世者)로서의 신분을 충분히 자각하고 그 입장에서 이 작품을 완성한 것으로 풀이된다.

82) 석가(釋迦)의 제자 가운데서도 가장 어리석었던 제자를 가리킨다.

83) 원문의「不請の阿彌陀佛」는 작품『방장기』에서 가장 해석하기 어려운 부분이라 할 수 있다. 이 부분에 대한 해석의 난해함은 글자에 대한 해석 문제라기보다는 이 표현에 담긴 초메이의 심정을 어떻게 해석할지가 문제다. 그러므로 수많은 연구자들이 문맥상으로 '심(心)'에 대한 '행(行)'을 말해 왔지만, 자신의 행함에 대한 미숙함이나 불철저함, 혹은 난잡함을 초메이가 예리하게

그저 아미타불의 거룩한 이름을 두세 번 부르며 염불하는 것으로 끝내고자 한다.

[제37단] 출가수행한 사람으로서 글 끝맺어

때는 켄랴쿠(建曆) 2년 음력 3월 그믐 무렵, 출가 수행승(修行僧)[84]인 렝인이 도야마(外山) 암자[85]에서 이 글을 적는다.

반성하는 대목이라는 해석이 주류를 이룬다. 그러나 또 한편으로는, 이 표현에 대해 "마음이 내키지 않는 염불 행위"로 간략하게 해석하는 경우도 있다.

84) 원문에서 '소몬(桑門)'이라고 쓴 것은 초메이가 자신이 '출가한 사람'임을 나타내고자 의도적으로 사용한 것으로 추정된다.

85) 제9장에서 밝혔듯이 '히노야마'에 있는 암자를 가리킨다.

가모노 초메이 연보(年譜)

1세 / 1155년(久壽 2)
시모가모(下賀茂·下鴨) 신사의 신관이었던 부친 나가쓰구(長繼)의 차남으로 출생, 모친은 미상.

6세 / 1156년(永曆 元)
8월 27일에 부친 나가쓰구가 '종사위하(從四位下)'라는 벼슬에 오르다.

7세 / 1161년(應保 元)
10월 17일, 쥬큐(中宮)의 서작(敍爵)에 의해 '종오위하(從五位下)'라는 벼슬에 오르다.(《續群書類從》(第7輯, 下系圖部, p.226 참조)

14세 / 1167년(仁安 2)
무인(武人) 다이라노기요모리(平淸盛)가 최고 권력가로서 세력을 확보하다.

17세 / 1171년(承安 元)
다이라노기요모리(平淸盛)의 딸 도쿠코(德子)가 왕비로 입궐

하다.

18세 / 1172년(承安 2)

초메이의 부친인 나가쓰구가 겨울과 이듬해 봄 사이에 타계. 이후 망부(亡父)의 그리움으로 최초의 '와카' 1 수(首)를 짓다.

21세 / 1175년(安元 元)

가을, 다카마쓰(高松)의 기쿠아와세(菊合)에 출석하다.

26세 / 1180년(治承 4)

4월 22일 무인(武人) 다이라노기요모리의 외손자인 아토쿠(安德)가 천황에 즉위. 4월 29일 세찬 회오리바람 일어남. 6월 2일 헤이안쿄로부터 후쿠와라(福原)로 천도(遷都), 같은 해 11월 26일 환도(還都). 가을, 세쓰구니(攝津國)를 여행하다.

27세 / 1181년(養和 元)

다이라노기요모리 사망하다. 2월부터 이듬해에 걸쳐 기근과 전염병이 전국적으로 만연하다. 5월《鴨長明集》완성하다.

28세 / 1182년(壽永 1)

11월에《쓰키모데와카슈(月詣和歌集, 賀茂重保 撰)》에 와카 4 수가 실리다. '오하라(大原)'에서 '히노야마(日野山)'로 이주하여 초암(草庵)생활을 시작하다.

29세 / 1183년(壽永 2)

슌에(俊惠)에게 와카를 사사(事師), 그의 문하에 입문하여 와카에 전념하다. 7월 다이라노기요모리의 가문인 헤이씨(平氏) 일족이 헤이안쿄에서 퇴각되다.

31세 / 1185년(文治 元)

3월 다이라노기요모리의 일족이 탄노우라(壇の浦)에서 패망하다. 7월 9일 대지진이 발생하고 이후 여진이 계속되다.

34세 / 1188년(文治 4)

'쵸쿠센와카슈(勅撰和歌集)'인 《센자이슈(千載集)》에 와카 1수가 수록되다.

35세 / 1189년(文治 5)

헤이씨(平氏) 일족을 섬멸하는데 지대한 공을 세웠던 미나모토노요시츠네(源義經)가 미나모토요리토모(源賴朝)에 의해 사망하다.

36세 / 1190년(建久 元)

미나모토요리토모(源賴朝)가 교토에 상경하다.

37세 / 1191년(建久 2)

3월 3일, 와카미야하치반 우타아와세(若宮八幡歌合)에 출석하다.(와카 3 수 현존).

38세 / 1192년(建久 3)

7월 미나모토요리토모가 가마쿠라(鎌倉)에 바쿠후(幕府)를 설립하다.

45세 / 1199년(正治 元)

미나모토요리토모가 사망하다.

46세 / 1200년(正治 2)

궁중의 와카 행사에 곧잘 참석할 정도로 '가진'의 중심적 인물로 부상하다. 이후 와카도코로(和歌所)의 관리가 되다.

47세 / 1201(正治 3)

고도바인(後鳥羽院)의 초청을 받고 가단(歌壇)에서 활약했을 뿐 아니라, 신관직에 임명될 수 있는 호기(好機)를 맞았으나, 시모가모 신사의 대를 잇지 못하게 되다.

49세 / 1203년(建仁 3)

2월 24일 오우치하나미(大內花見)에 출석하다(와카 현존하지 않음). 와카도코로에 정근(精勤)하다.

50세 / 1204년(元久 元)

가와이진쟈(河合神社), 즉 시모가모 신사의 네기(禰宜)라 할 신관의 직책을 둘러싸고 동족과 경합을 벌였으나 패배하다. 이것이 결정적인 요인이 되어 세상(世相)의 '무상'을 탄식하고, 이해 봄에 출가를 단행, 이후 약 5년 간 오하라(大原)에서 은둔생활 시작하다.

51세 / 1205년(元久 2)

3월 6일, '쵸쿠센와카슈(勅撰和歌集)'인 『新古今和歌集(신코킨와카슈)』(제1차본)가 발행된 바, 여기에 그의 와카 10 수가 수록되다.

55~56세 / 1209~1210년(承元 3~4)

55세가 되던 해 10월 경, 카마쿠라(鎌倉)에 가서 미나모토노 사네토모(源實朝)와 2~3회 회담하다.

57세 / 1211년(建曆 元)

10월 후지와라 마사쓰네(藤原雅經)의 추거(推去)에 의해 '가마쿠라'에 직접 행차하여 무사출신 '가진'인 미나모토노 사네토모와 3차례 만나다. 이 해에 가론서인 《무묘쇼(無名抄)》를 저술하다.

58세 / 1212년(建曆 2)
3월 하순에 수필집《방장기》가 집필·완성되다.

60~61세 / 1214~1215년(建保 2~3)
이 무렵에 설화집《홋신슈(發心集)》가 집필되었다고 추정된다.

62세 / 1216년(建保 四)
윤 6월 9일 타계하다.

일본 연호표(年号表)

연호	읽기	서력	대	천황
			1	神武
			2	綏靖
			3	安寧
			4	懿德
			5	孝昭
			6	孝安
			7	孝靈
			8	孝元
			9	開化
			10	崇神
			11	垂仁
			12	景行
			13	成務
			14	仲哀
			15	應神
			16	仁德
			17	履中

			18	反正	
			19	允恭	
			20	安康	
			21	推略	
			22	清寧	
			23	顯宗	
			24	仁賢	
			25	武烈	
			26	継休	
			27	安閑	
			28	宣化	
			29	欽明	
			30	敏達	
			31	用明	
			32	崇峻	
			33	推古	
			34	舒明	
			35	皇極	
大化	【다이카(タイカ)】	645~650	36	孝德	
白雉	【하쿠치(ハクチ)】	650~654		孝德	
–	–	655~661	37	齊明	
–	–	662~671	38	天智	

–	–	672	39	弘文
–	–	672~686	40	天武
朱鳥	【스쿄(スチョウ)】	686		天武
–	–	686~697	41	持統

國名變更

和→	日本 –		689		持統
–	–		697~700	42	文武
大宝	【다이호(タイホ】		701~704		文武
慶雲	【교우우(キョウウン)】		704~708		文武
和銅	【와도(ワドウ)】		708~715	43	元明
靈龜	【레이키(レイキ)】		715~717	44	元正
養老	【요로(ヨウロウ)】		717~724		元正
神龜	【징키(ジンキ)】		724~729	45	聖武
天平	【덴표(テンピョウ)】		729~749		聖武
天平感宝	【덴표캉호(テンピョウカンホウ)】		749	46	孝謙
天平勝宝	【덴표쇼호(テンピョウショウホウ)】		749~757		孝謙
天平宝字	【덴표호지(テンピョウホウジ)】		758~764	47	淳仁
天平神護	【덴표징고(テンピョウジンゴ)】		767~770	48	称德
神護景雲	【징고케이운(ジンゴケイウン)】		称德		
宝龜	【호키(ホウキ)】		770~780	49	光仁
天応	【덴오(テンオウ)】		781~782	50	桓武
延暦	【엔랴쿠(エンリャク)】		782~806		桓武
大同	【다이도(ダイドウ)】		806~810	51	平城
弘仁	【고닝(コウニン)】		810~824	52	嵯峨

天長	【텐쵸(テンチョウ)】	824~834	53	淳和
承和	【조와(ジョウワ)】	834~848	54	仁明
嘉祥	【가죠(カジョウ)】	848~851		仁明
仁壽	【닌쥬(ニンジュ)】	851~854	55	文德
齊衡	【사이코(サイコウ)】	854~857		文德
天安	【뎅안(テンアン)】	857~859		文德
貞觀	【조간(ジョウガン)】	859~877	56	清和
元慶	【간교(ガンギョウ)】	877~885	57	陽成
仁和	【닝와(ニンワ)】	885~889	58	光孝
寬平	【간표(カンピョウ)】	889~898	59	宇多
昌泰	【쇼타이(ショウタイ)】	898~901	60	醍醐
延喜	【엥기(エンギ)】	901~923		醍醐
延長	【엔쵸(エンチョウ)】	923~931		醍醐
承平	【조헤이(ジョウヘイ)】	931~938	61	朱雀
天慶	【덴교(テンギョウ)】	938~947		朱雀
天曆	【덴랴쿠(テンリャク)】	947~957	62	村上
天德	【덴토쿠(テントク)】	957~961		村上
応和	【오와(オウワ)】	961~964		村上
康保	【고호(コウホ)】	964~968		村上
安和	【앙와(アンワ)】	968~970	63	冷泉
天祿	【덴로쿠(テンロク)】	970~973	64	円融
天延	【뎅엔(テンエン)】	973~976		円融

貞元	【조겐(ジョウゲン)】	976~978		円融
天元	【뎅겐(テンゲン)】	978~983		円融
永觀	【에이칸(エイカン)】	983~975		円融
寬和	【강와(カンワ)】	985~987	65	花山
永延	【에이엔(エイエン)】	987~989	66	一條
永祚	【에이소(エイソ)】	989~990		一條
正曆	【쇼랴쿠(ショウリャク)】	990~995		一條
長德	【초토쿠(チョウトク)】	995~999		一條
長保	【초호(チョウホウ)】	999~1004		一條
寬弘	【강코(カンコウ)】	1004~1010		一條
長和	【초와(チョウワ)】	1011~1016	67	三條
寬仁	【간닌(カンニン)】	1017~1021	68	後一條
治安	【지안(ジアン)】	1021~1024		後一條
万壽	【만쥬(マンジュ)】	1024~1028		後一條
長元	【초겐(チョウゲン)】	1018~1037		後一條
長曆	【초랴쿠(チョウリャク)】	1037~1040	69	後朱雀
長久	【초큐(チョウキュウ)】	1040~1044		後朱雀
寬德	【간토쿠(カントク)】	1045~1046	70	後冷泉
永承	【에이죠(エイジョウ)】	1046~1053		後冷泉
天喜	【뎅기(テンギ)】	1053~1058		後冷泉
康平	【고헤이(コウヘイ)】	1058~1065		後冷泉
治曆	【지랴쿠(ジリャク)】	1065~1068		後冷泉

延久	【엥큐(エンキュウ)】	1068~1074	71	後三條
承保	【죠호(ジョウホウ)】	1074~1077	72	白河
承曆	【죠랴쿠(ジョウリャク)】	1077~1081		白河
永保	【에이호(エイホウ)】	1081~1084		白河
応德	【오토쿠(オウトク)】	1084~1087		白河
寬治	【간지(カンジ)】	1087~1094	73	堀河
嘉保	【가호(カホウ)】	1094~1096		堀河
永長	【에이쵸(エイチョウ)】	1096~1097		堀河
承德	【조토쿠(ジョウトク)】	1097~1099		堀河
康和	【고와(コウワ)】	1099~1104		堀河
長治	【조지(チョウジ)】	1104~1106		堀河
嘉承	【가쥬(カジョウ)】	1106~1108		堀河
天仁	【덴닝(テンニン)】	1108~1110	74	鳥羽
天永	【뎅에이(テンエイ)】	1110~1113		鳥羽
永久	【에이큐(エイキュウ)】	1113~1118		鳥羽
元永	【겡에이(ゲンエイ)】	1118~1120		鳥羽
保安	【호안(ホウアン)】	1120~1124		鳥羽
天治	【덴지(テンジ)】	1124~1126	75	崇德
大治	【다이지(ダイジ)】	1126~1131		崇德
天承	【덴조(テンジョウ)】	1131~1132		崇德
長承	【죠조(チョウジョウ)】	1132~1135		崇德
保延	【호엔(ホウエン)】	1135~1141		崇德

永治	【에이지(エイジ)】	1141~1142		崇徳
康治	【고지(コウジ)】	1142~1144	76	近衛
天養	【덴요(テンヨウ)】	1144~1145		近衛
久安	【규안(キュウアン)】	1145~1151		近衛
仁平	【닌페이(ニンペイ)】	1151~1154		近衛
久壽	【규쥬(キュウジュ)】	1154~1156		近衛
保元	【호겐(ホウゲン)】	1156~1159	77	後白河
平治	【헤이지(ヘイジ)】	1159~1160	78	二條
永暦	【에이랴쿠(エイリャク)】	1160~1161		二條
応保	【오호(オウホウ)】	1161~1163		二條
長寛	【조칸(チョウカン)】	1163~1165		二條
永万	【에이만(エイマン)】	1165~1166		二條
仁安	【닌안(ニンアン)】	1166~1169	79	六條
嘉応	【가오(カオウ)】	1169~1171	80	高倉
承安	【조안(ジョウアン)】	1171~1175		高倉
安元	【안겐(アンゲン)】	1175~1177		高倉
治承	【지쇼(ジショウ)】	1177~1181		高倉
養和	【요와(ヨウワ)】	1181~1182	81	安徳
壽永	【쥬에이(ジュエイ)】	1182~1184		安徳
元暦	【겐랴쿠(ゲンリャク)】	1184~1185		安徳
文治	【분지(ブンジ)】	1185~1190		安徳
建久	【겐큐(ケンキュウ)】	1190~1199	82	後鳥羽

正治	【쇼지(ショウジ)】	1199~1201	83	土御門
建仁	【겐닝(ケンニン)】	1201~1204		土御門
元久	【겐큐(ゲンキュウ)】	1204~1206		土御門
建永	【겡에이(ケンエイ)】	1206~1207		土御門
承元	【조겐(ジョウゲン)】	1207~1211		土御門
建暦	【겐랴쿠(ケンリャク)】	1211~1213	84	順德
建保	【겐포(ケンポウ)】	1213~1220		順德
承久	【조큐(ジョウキュウ)】	1221~1221	85	仲恭
貞応	【조호(ジョウオウ)】	1222~1224	86	後堀河
元仁	【겐닝(ゲンニン)】	1224~1225		後堀河
嘉祿	【가로쿠(カロク)】	1225~1227		後堀河
安貞	【안테이(アンテイ)】	1227~1229		後堀河
寛喜	【강기(カンギ)】	1229~1232	87	四條
貞永	【죠에이(ジョウエイ)】	1232~1233		四條
天福	【덴푸쿠(テンプク)】	1233~1234		四條
文暦	【분랴쿠(ブンリャク)】	1234~1235		四條
嘉偵	【가테이(カテイ)】	1235~1238		四條
暦仁	【랴쿠닌(リャクニン)】	1238~1239		四條
延応	【엔오(エンオウ)】	1239~1240		四條
仁治	【닌지(ニンジ)】	1240~1243		四條
寛元	【강겐(カンゲン)】	1243~1247	88	後嵯峨
宝治	【호지(ホウジ)】	1247~1249	89	後深草

建長	【겐쵸(ケンチョウ)】	1249~1256		後深草
康元	【고겐(コウゲン)】	1256~1257		後深草
正嘉	【쇼카(ショウカ)】	1257~1259		後深草
正元	【쇼겐(ショウゲン)】	1259~1260		後深草
文応	【붕오(ブンオウ)】	1260~1261	90	龜山
弘長	【고쵸(コウチョウ)】	1261~1264		龜山
文永	【붕에이(ブンエイ)】	1264~1275		龜山
建治	【겐지(ケンジ)】	1275~1278	91	後宇多
弘安	【고안(コウアン)】	1278~1288		後宇多
正応	【쇼오(ショウオウ)】	1288~1293	92	伏見
永仁	【에이닌(エイニン)】	1293~1299		伏見
正安	【쇼안(ショウアン)】	1299~1302	93	後伏見
乾元	【겐겐(ケンゲン)】	1302~1303	94	後二條
嘉元	【가겐(カゲン)】	1303~1306		後二條
德治	【도쿠지(トクジ)】	1306~1308		後二條
延慶	【엥쿄(エンキョウ)】	1308~1311		後二條
応長	【오쵸(オウチョウ)】	1311~1312	95	花園
正和	【쇼와(ショウワ)】	1312~1317		花園
文保	【붕호(ブンホウ)】	1317~1319		花園
元応	【겡오(ゲンオウ)】	1319~1321	96	後醍醐
元亨	【겐코(ゲンコウ)】	1321~1324		後醍醐
正中	【쇼츄(ショウチュウ)】	1324~1326		後醍醐

嘉曆	【가랴쿠(カリャク)】	1326~1329		後醍醐
元德	【겐토쿠(ゲントク)】	1329~1331		後醍醐
元弘	【겡코(ゲンコウ)】	1331~1334		後醍醐
建武	【겐무·겐부(ケンム·ケンブ)】	1334~1336		後醍醐
延元	【엥겐(エンゲン)】	1336~1340		後醍醐
興國	【고코쿠(コウコク)】	1340~1346	97	後村上
正平	【쇼헤이(ショウヘイ)】	1346~1370		後村上
建德	【겐토쿠(ケントク)】	1370~1372	98	長慶
文中	【분츄(ブンチュウ)】	1372~1375		長慶
天授	【덴쥬(テンジュ)】	1375~1381		長慶
弘和	【고와(コウワ)】	1381~1384		長慶
元中	【겐츄(ゲンチュウ)】	1384~1392	99	後龜山
明德	【메이토쿠(メイトク)】	1393~1394	100	後小松院
応永	【오에이(オウエイ)】	1394~1428		後小松院
正長	【쇼쵸(ショウチョウ)】	1428~1429	101	称光
永享	【에이쿄(エイキョウ)】	1429~1441	102	後花園
嘉吉	【가키쓰(カキツ)】	1441~1444		後花園
文安	【붕안(ブンアン)】	1444~1449		後花園
宝德	【호토쿠(ホウトク)】	1449~1452		後花園
享德	【쿄토쿠(キョウトク)】	1452~1455		後花園
康正	【고쇼(コウショウ)】	1455~1457		後花園
長禄	【초로쿠(チョウロク)】	1457~1460		後花園

寛正	【간쇼(カンショウ)】	1460~1466		後花園
文正	【분쇼(ブンショウ)】	1466~1467	103	後土御門
応仁	【오닝(オウニン)】	1467~1469		後土御門
文明	【분메이(ブンメイ)】	1469~1487		後土御門
長享	【죠쿄(チョウキョウ)】	1487~1489		後土御門
延徳	【엔토쿠(エントク)】	1489~1492		後土御門
明応	【메이오(メイオウ)】	1492~1501		後土御門
文亀	【붕키(ブンキ)】	1501~1504	104	後柏原
永正	【에이쇼(エイショウ)】	1504~1521		後柏原
大永	【다이에이(ダイエイ)】	1521~1528		後柏原
享禄	【교로쿠(キョウロク)】	1528~1532	105	後奈良
天文	【뎅분(テンブン)】	1532~1555		後奈良
弘治	【고지(コウジ)】	1555~1558		後奈良
永禄	【에이로쿠(エイロク)】	1558~1570	106	正親町
元亀	【겡키(ゲンキ)】	1570~1573		正親町
天正	【덴쇼(テンショウ)】	1573~1592	107	後陽成
文禄	【분로쿠(ブンロク)】	1592~1596		後陽成
慶長	【게이쵸(ケイチョウ)】	1596~1611		後陽成
元和	【겐나·겡와(ゲンナ·ゲンワ)】	1611~1629	108	後水尾
寛永	【강에이(カンエイ)】	1629~1643	109	明正
正保	【쇼호(ショウホウ)】	1644~1648	110	後光明
慶安	【게이안(ケイアン)】	1648~1652		後光明

承応	【조호(ジョウオウ)】	1652~1655		後光明
明暦	【메이레키·메이랴쿠(メイレキ·メイリャク)】	1655~1658	111	後西
万治	【만지(マンジ)】	1658~1661		後西
寛文	【간분(カンブン)】	1661~1673		後西
延宝	【엔포(エンポウ)】	1673~1681	112	靈元
天和	【덴나(テンナ)】	1681~1684		靈元
貞享	【조큐(ジョウキョウ)】	1684~1688		靈元
元祿	【겐로쿠(ゲンロク)】	1688~1704	113	東山
宝永	【호에이(ホウエイ)】	1704~1711		東山
正德	【쇼토쿠(ショウトク)】	1711~1716	114	中御門
享保	【교호(キョウホ)】	1716~1736	115	櫻町
寛保	【강호(カンホウ)】	1741~1744		櫻町
延享	【엔쿄(エンキョウ)】	1744~1748		櫻町
寛延	【강엔(カンエン)】	1748~1751	116	桃園
宝暦	【호레키(ホウレキ)】	1751~1764		桃園
明和	【메이와(メイワ)】	1764~1772	117	後櫻町
安永	【앙에이(アンエイ)】	1772~1781	118	後桃園
天明	【덴메이(テンメイ)】	1781~1789	119	光格
寛政	【간세이(カンセイ)】	1789~1801		光格
享和	【교와(キョウワ)】	1801~1804		光格
文化	【분카(ブンカ)】	1804~1818		光格
文政	【분세이(ブンセイ)】	1818~1830	120	仁孝

天保	【덴포(テンポウ)】	1830~1844		仁孝
弘化	【고카(コウカ)】	1844~1848		仁孝
嘉永	【가에이(カエイ)】	1848~1854	121	孝明
安政	【안세이(アンセイ)】	1854~1860		孝明
万延	【망엔(マンエン)】	1860~1861		孝明
文久	【분큐(ブンキュウ)】	1861~1864		孝明
元治	【겐지(ゲンジ)】	1864~1865		孝明
慶応	【게이오(ケイオウ)】	1865~1868		孝明
明治	【메이지(メイジ)】	1868~1912	122	睦仁
大正	【다이쇼(タイショウ)】	1912~1926	123	嘉仁
昭和	【쇼와(ショウワ)】	1926~1989	124	裕仁
平成	【헤이세이(ヘイセイ)】	1989~	125	明仁

찾/아/보/기

조기호(曺起虎)

1955년 전북 익산(益山) 출생, 전주(全州) 거주하고 있다.
(日)교토(京都) 소재 붓쿄대학(佛敎大學) 문학석사학위와 (日)가나가와대학
(神奈川大學)에서 역사민속자료학박사학위를 취득하고, (日)국립역사민속
박물관 · (中)상하이(上海) 화동사범대학(華東師範大學) 파견연구원을 역임
했다. 전북대 · 원광대 · 건양대 · 청주대 등에서 일본어문학과 사생학(死生
學 ; Thanatology) 강사를 역임하고, 원광보건대학교에서 관광일어통역과 학
과장 역임했으며, 한국일본어문학회 · 한국일본문화학회 · 한국일어일문학
회에서 각각 이사를 역임했다. 수필가 · 문학평론가

【저서 및 논문】
「鴨長明の研究」(1992.3) · 「都市民俗における宗教的『死』と葬送儀礼」
(2012.3)등 석 · 박사논문을 비롯하여 30여 편의 일본어문학과 사생학(死生
學)에 관한 논문을 기술했고, 『よくわかる大學日本語』(1996) · 『라쿠라쿠觀
光日本語』(2002) · 『일본어회화를 위한 강독』(2004) · 『방장기』(2004, 번역
본) · 『일본 메이지시대의 장묘문화』(2014) · 『일본 근대 불교문학사상과 죽
음(死)』(2015)등 일본과 유관한 단행본을 출간했다.
E-mail ; khcho7617@naver.com

가모노 초메이의 문학세계

-《방장기》와 '와카'를 중심으로 -

초 판 인 쇄 | 2020년 5월 30일
초 판 발 행 | 2020년 5월 30일

지 은 이 조기호(曹起虎)

책 임 편 집 윤수경

발 행 처 도서출판 지식과교양
등 록 번 호 제2010-19호
주　　　소 서울시 강북구 우이동108-13 힐파크103호
전　　　화 (02) 900-4520 (대표) / 편집부 (02) 996-0041
팩　　　스 (02) 996-0043
전 자 우 편 kncbook@hanmail.net

© 조기호 2020 All rights reserved. Printed in KOREA

ISBN 978-89-6764-156-6 93830　　　　　　　　정가 17,000원